마음 출구를 위한 시인의 감성 수필

# 바람이 두고 간 풍경

마음 출구를 위한 시인의 감성 수필
바람이 두고 간 풍경
ⓒ 홍성주, 2023

1판 1쇄 인쇄 | 2023년 04월 10일
1판 1쇄 발행 | 2023년 04월 17일
지 은 이 | 홍성주
펴 낸 이 | 이영희
펴 낸 곳 | 이미지북
출판등록 | 제2-2795호(1999. 4. 10)
주    소 | 서울기 강동구 양재대로122가길 6, 202호
대표전화 | 02-483-7025, 팩시밀리 : 02-483-3213
e - m a i l | ibook99@naver.com

ISBN 978-89-89224-59-4  03810

마음 출구를 위한 시인의 감성 수필

# 바람이 두고 간 풍경

## 홍성주

**이미지북**

오늘이라는 산을 넘어
내려가는 길
레드 카펫이 빛바랜 채 깔렸다.
암벽을 뚫고
그 사이에 뿌리를 내린 나무를 보며
강한 삶의 근원을 느낀다.

산은 산이다.
겨울이 지나는 중일 뿐.
쌓인 낙엽은 발효를 꿈꾸고 있다.
새로운 봄을 바라며.

팔룡산 숲길을 건너며.

홍성주

# 제1부 | 봄── 마음 출구

마음으로 보는 눈_ 012

새벽 종소리를 기다리며_ 016

계절이 건너는 곳에는 경계가 없다_ 020

비버의 달_ 025

작은 것에 감사하는 마음, 배려_ 032

흑백사진, 비움과 채움의_ 036

밤비, 흔적을 지우다_ 041

시계추에 매달린 봄_ 046

꽃상여로 피어난 봄_ 050

# 제2부 | 기억——나를 만나러 가는 길

달, 다섯 개의 기억_ 056

아버지가 남겨둔 마지막 길_ 063

문패를 세우다_ 067

엄마의 외딴 섬, 그리움_ 074

할미꽃 약속_ 079

아버지의 자전거_ 084

하얀 고무신_ 088

나를 만나러 가는 길, 종축장을 지나서_ 093

## 제3부 여행──풍경

풍경에 오르다_ 100

덕유산 눈꽃을 찾아서_ 104

골짜기를 깨우는 새싹 바람_ 109

꽃섬, 하화도_ 114

여행을 열다_ 122

사랑의 고백 혹은 붉은 그리움_ 126

타이베이, 네 개의 풍경_ 130


## 제4부 삶──인생

꽃들의 뒤풀이-향수_ 144

라일락 향이 정원에 퍼질 때_ 148

봄날은, 또 그렇게 간다_ 152

시트 한 장의 무게_ 156

산다는 건 순간순간의 파도타기_ 164

때로는 목 놓아 울어도 괜찮아_ 169

꽃은 꽃이다_ 174

길 끝에 서는 날이 오면_ 179

# 제5부 청춘──다시 '첫'을 기다리며

매우 느리게_ 186

감사는 신이 주는 감동─추석, 2019_ 190

낙엽, 헤어짐의 걸음마_ 196

겨울 속으로 걸어 들어간 바다

　　　　　　　─작전명 174호, 잊혀진 영웅들!_ 201

소풍 나온 봄나물의 추억_ 206

가을, 산인못_ 210

내 인생에 남았을 '첫'을 기다리며_ 214


* | 해설 | 혼자 웅크리는 시간의 힘-마음 출구/오종문_ 218

# 제1부.

## 봄 — 마음 출구

마음에 쌓인 감정의 찌꺼기를 마음 밖으로
내보내는 마음의 문이다. 마음은 몸보다 훨씬 더 예민해
원하지 않는 감정의 상처를 받으면
그 감정들을 마음속에 쌓아놓고, 결국 그 감정의 찌꺼기는
우리 마음을 병들게 한다.

# 마음으로 보는 눈

소낙비는 하얀 지팡이를 두드리며 내게로 다가온다. 검은 안경을 쓴 흔들림이었다가 이내 눈부신 빛으로 말을 건네 온다. 토닥이는 물방울을 머리에 이고 방물장수처럼 왔다가 잊고 있던 기억 하나 툭 던져두고.

고등학교 시절, 친구와 함께 이웃에 있는 맹학교에 방문하고는 했다. 지금처럼 봉사활동이 의무적으로 필요했던 것은 아니었으니 친구 따라 강남 가는 상황 정도로 기억된다.

실명失明으로 전혀 앞을 보지 못하는 학생도 있었고, 거의 시력을 잃어가기에 희미하게나마 물체를 인식하는 학생도 있었다. 우리는 주로 시력이 전혀 없는 사람들과 이야기를 나눴는데, 대부분 또래 학년보다 나이가 많았다.

그들은 잃은 시각을 대신해 촉각이나 청각이 발달된 사람들이다. 우리는 준비한 책을 읽어주고 토론도 하면서 일상적인 대화를 나눴다.

앞이 보이지 않는데도 불구하고 손가락 끝의 촉각으로 책을 읽을 수 있다는 것이 신기하기만 했다. 나도 그들이 가르쳐 준 대로 눈을 감고 손끝으로 점자책을 더듬어 보았지만, 울퉁불퉁한 촉감만 느껴질 뿐 전혀 알 수 없었다.

그들은 눈으로 읽지 않고 손으로 읽는 글자임에도 평상시 독서량이 많은 것 같았다. 주로 철학이나 문학에 관한 이야기를 나누었지만 대화에 막힘이 없었다.

어느 소낙비 내리던 날, 오랜 시간 많은 이야기를 나누었다. 그리고 잠시 침묵이 흘렀다. 빗소리를 들으며 창밖을 바라보다 "비를 좋아하느냐"고 물었더니, "빗소리를 들으면 창틀을 타고 흘러내리는 빗물을 볼 수 있어서 좋다"는 놀라운 대답을 한다.

이처럼 이야기를 나누다 보면, 때때로 그들이 앞을 보지 못한다는 것을 잊곤 한다. 보이지도 않는데 꼭 보는 듯 말하니, 그 대답을 들으며 의구심을 품기도 했다. 그러고는 나중에야 알았다. 사물은 눈으로만 보는 것이 아니라는 것을. 마음으로 볼 수 있는 힘을 가진 그들은 보지 못하는 것이 없다는 것을.

입시철에 찹쌀떡을 팔아 마련한 돈으로 털실을 샀다. 그리고 그

털실로 짠 목도리와 장갑으로 크리스마스 선물을 했다. 그들은 멋쩍은 감사 인사와 함께 너무 예쁘다는 말도 곁들인다.

무슨 색인지 아느냐는 질문에 상상 속의 대답이 돌아온다. 그럴 때면 그들의 눈으로 본 것이 옳은 것이라고 여기며 함께 웃곤 했던 기억이 새삼스럽다.

시각장애인은 촉각을 이용해 형태와 감을 알아낸다. 거기에 본인만의 정서를 버무리며 자신만의 눈을 만들어 내고 있었는지 모를 일이다. 마음으로 볼 수 있고 느낌으로도 볼 수 있는 그들만의 눈을 가지고 있었던 것은 아니었을까.

당연히 그들이 보는 것과 우리가 보는 것이 다를 수 있으나 옳고 그름은 아니었다. 내게 보이는 것을 그들에게 각인시킬 필요는 없다고 느꼈다.

우리는 눈에 보이는 것을 너무 의지한다. 그러다 보니 때로는 눈으로 보는 것이 진실의 전부인 듯 착각을 한다. 보이는 것보다 보이지 않는 것들을 외면한 채 우리가 범하는 수많은 오류조차 알지 못할 때가 많다. 그리고 그 잣대로 판단하고 믿어버림으로써 무언가를 혹은 누군가를 비판하기도 한다.

진실은 중요하지 않으며 오직 보이는 것만이 중요하다는 인식이 당연시되는 현실이다. 그 속에서 선과 악의 의미조차 오직 자신의 유·불리에 따라 달라지는 상황을 만들어 낸다. 때때로 비장애인이 장애인이 될 수 있는 이유이다.

그럴수록 한 걸음 멈춰 서서 잠시 눈을 감아보는 여유를 가져보는 것은 어떨까. 우리 내면에 잠들고 있는 아름다운 눈을 볼 수 있을 때까지 침묵하며 기다리는 것도 필요할 것 같다.

예전에 비해 정신적이나 육체적으로 어려움을 겪는 사람들에 대한 배려나 처우가 좋아진 것은 사실이다. 그러나 누군가는 시각장애인 티를 내지 않기 위해 또는 지팡이나 안내견에 거부감이 있는 사람들을 피하려고 반향정위反響定位를 사용한다는 말도 있다.

반향정위란 다른 물체에 의해 반사된 초음파를 귀로 포착하여 그 물체의 거리, 방향, 크기 등을 알아내는 훈련이 필요한 방법이다. 또한 지팡이와 선글라스조차 사용하지 않고 눈을 뜬 채 그냥 다니는 사람도 있다고 하니 아직도 우리 사회의 갈 길은 먼 것 같다.


오늘처럼 소낙비가 내리는 날이면 나도 모르게 낡고 빛바랜 기억 속으로 걸어 들어가 아름다웠던 날을 추억해 본다. 그곳은 아무리 많은 세월이 흘러도 그 모습과 기억으로만 존재한다.

그들처럼 빗소리로 빗방울을 볼 수 있는 마음의 눈으로 사물을 볼 수 있다면, 우리의 영혼은 더욱 맑아질 수 있다고 믿고 싶다.

내 마음의 눈이 닫히지 않도록 언제나 생각의 창을 닦아 두어야겠다. 마음으로 볼 수 있는 것들을 놓쳐버리지 않기 위하여.

# 새 벽  종 소 리 를  기 다 리 며

지난밤부터 추적추적 비가 내린다. 봄비치고는 제법 빗
줄기가 굵다. 비에 젖은 도시는 짙은 침묵에서 깨어
나지 못하고 있다. 빗소리에 이끌려 창밖을 바라보니, 깊은
새벽이 밤새 몸부림치고 있었나 보다.

회색빛 배경 속에 불빛들이 흔들린다. 젖은 가로등 불빛
아래로만 비가 내린다. 가느다란 빗줄기 사이로 오래 전 아
스라이 들리던 종소리가 울려 나올 듯하다. 가로등 불빛 밖
에는 숨어버린 길 따라 어둠이 젖어 있고, 저만치 보이는 초
록빛 십자가는 아무런 말이 없다.

내 기억이 시작될 즈음인 다섯 살 무렵일까. 새벽 네 시
반이 되면 항상 교회당의 종소리가 새벽을 가르며 단아하

게 울려 퍼졌다.

종소리에 일어난 엄마는 부스럭거리는 소리에 뒤척이는 아이들을 토닥이고는 서둘러 집을 나섰다. 삼백예순날 울리던 새벽 종소리는 엄마에게 가장 간절한 소망이었는지 모른다. 비가 쏟아져도, 눈발이 흩날려도 종소리와 함께 발걸음은 꾸준히 이어졌다.

엄마의 새벽 기도는 지금까지 이어져 오고 있지만 새벽을 알리던 종소리는 오래 전에 끊겼다. 새벽 종소리에 대한 민원이 늘어나면서 새벽을 깨우던 소리는 잠잠해진 것이다.

삼십 년도 더 지난 오래 전 기억이다.

압구정동에 있는 작은 영화관이었다. 반쯤 감긴 게슴츠레한 눈빛과 절인 배춧잎처럼 후줄근한 모습의 남자와 함께 〈노트르담의 꼽추〉를 보았다. 영화관에서 둘이 만나는 첫 데이트 날이다.

실내를 가득 메우는 강한 효과 음향에도 아랑곳하지 않고 그는 흔들리며 졸고 있었다. 그러한 모습을 힐끗힐끗 넘겨보느라 영화에 집중하지 못한 것은 아쉬움으로 남았다. 뎅강뎅강 울려 퍼지던 종소리와 무겁게 흔들리던 커다란 종 모양이 볼품없이 구부러진 꼽추 등과 오버랩 되어 오랫동안 잔상으로 남았다.

스물네 시간도 모자라는 빡빡한 근무 후에 겨우 주어진 휴식 시간을 공유하는 것이 그에게 조금 미안했다. 이 영화가 보고 싶다는 내게 흔쾌히 약속한 터라 이해할 수 있는 상황이었다.

영화관을 나서며 '매우 피곤하지 않으냐'고 묻는 나에게, 그제야 이 영화를 세 번째 보았다는 대답을 건네주었다.

이제 노트르담의 종소리는 더 이상 울리지 않는다. 종지기 꼽추 또한 종탑에 살지 않는다.

작년 부활절 가까운 날에 노트르담 성당에 큰 화재가 발생했다. 18세기에 복원한 첨탑이 무너지고, 12세기에 세워진 지붕의 목조 구조물이 대부분 붕괴되는 피해를 보았다. 하지만 잃은 것은 눈에 보이는 건물만이 아닐 것이다. 그로 인해 성당 종탑의 종소리는 다시 멈추었다.

종소리는 '지금 당장'을 요구하지 않는다. 새벽 종소리가 울리면 곧바로 뛰쳐나가기에 앞서 나설 준비를 한다. 예배 시작 삼십 분 전에 울리는 종소리에 깨어나면 준비하고 나설 시간은 족히 되었다.

종소리는 몸을 부딪쳐서 얻어내는 치열한 전투이며 낭만이며 눈물이며 또한 여유이다. 때로는 숙연한 묵상이며 일상에서 누릴 수 있는 쉼표이기도 하다. 언제나 바쁘게 종종거리며 살아가는 우리의 삶 속에서 잠깐씩 멈추어 한숨 고를 수 있는 여유이기도 하다.

인터넷이나 전화가 흔하지 않던 시절, 종소리는 많은 사람에게 무엇인가를 전달하기 위한 암묵적인 약속이나 수단이기도 했다. 두부 장수의 종소리와 학교 수업 시간을 알리는 종소리를 구별하여 들을 수 있었듯이, 지금도 조금만 귀 기울이면 자신만이 들을 수 있는 마음의 종소리를 만날 수 있다.

바쁘고 복잡하게 살아가는 현대인들은 쓴소리나 깊은 소리를 잘 들으려 하지 않는다. 부담스럽거나 혹시라도 자신에게 자극이 될 만한 소리는 애써 외면하려 한다. 여러 가지 이유로 눈을 막고 귀를 닫아버린 사람들이 많아졌다.

진실을 바로보기 어려워진 이유가 아닐까. 많은 사람이 새벽을 울리던 종소리를 거절했듯이, 가슴을 울리는 내면의 소리에 집중하기 부담스러워 한다. 듣고 싶은 소리만 듣고, 보고 싶은 것만 보고 싶어 하기 때문이 아닐까. 잘못 들어선 삶의 길에서 되돌아 나오라는 경종의 소리를 겸허히 들을 수 있어야 한다.

차갑게 울리는 종소리가 유난히 그리운 새벽이다. 깨어 있는 새벽마다 들리던 종소리는 지금도 어우러져 마음속으로 울려 퍼진다.

낮은 자동차의 경적이 빗속으로 날고 있다. 가로등 아래에만 새벽을 적셔 놓는 불빛 틈새로 빗방울이 어둠을 주워 올린다. 새벽이 익어가고, 어둠은 점차 빠른 속도로 뒷걸음질 치며 달아난다.

동트는 하늘에는 흐린 구름이 말갛게 웃고 있다.

이제 교회당의 종소리는 울리지 않아도 들릴 듯 들리지 않는 종소리를 기다리며 새벽 네 시 반을 더디게 넘기고 있다.

맑은 아침이 서서히 밝아오고 있다. 비는 그쳤나 보다.

# 계절이 건너는 곳에는 경계가 없다

가을비가 내린다.

여름이 떠날 채비를 마치기도 전에 가을장마가 되어 우리 곁으로 스며든다.

오랜 시간을 기다려 핀 여름꽃들이 자신을 키워준 땅에 감사의 인사를 하고 있다.

장맛비 사이로 태풍이 꿈틀거린다.

아직 단풍 들지 못한 가로수 초록잎이 강한 바람으로 길 위에 흩어져 뒹굴 것이다. 뜯겨 나간 잎들이 비명을 지르며 지상에 떨어져 내릴 때, 여름은 멀찌감치 물러서서 보일 듯 말 듯 한 미소로 바라볼 것이다.

푸른 잎들이 손을 흔들어 인사를 건네듯 흔들거린다. 가랑비 같은 가을비가 옹기종기 모여든다.

가을날은 릴케의 시처럼 우리의 곁으로 다가오고 있다. 가까이 보이지 않아도 여름 언덕을 지나 망초대 쓰러지듯 다가올 것이다.

저만치 딴청 피우며 느릿느릿 황소걸음으로 가을이 오고 있다. 들판을 누렇게 물들인 알곡들을 거둬들이는 즐거움을 데리고, 가벼운 발걸음으로 오고 있을 것이다.

참매미의 노랫소리가 욕심스럽게 그리운 날이다. 시끄럽도록 요란한 도심의 말매미는 눈치도 없이 길게 울어 댄다.

아직도 뜨거운 한낮의 햇살은 나뭇잎의 마지막 초록 빛깔을 익혀내고 있다. 여름의 끝자락을 단단히 부여잡고 매달려도, 가을은 소리 내지 않고 다가서는 그림자처럼 오고 있다. 더위에 지친 여름이 계절을 넘기려 가을을 기다리고 있다.


언제부터인가 햇살의 길이가 조금씩 짧아지고 있다. 여름이 가을로 넘어가는 길은 가까운 듯 참 멀기도 하다. 여름과 가을이 함께 만나는 길 어디쯤으로 계절 마중을 나서야 할까 보다.

계절과 계절 사이의 경계는 어디일까. 어디쯤 금을 그으면 선명해질까. 가을이 여름을 넘어서려고 한다. 선은 넘지 말라고 그어놓은 것을.

초등학교 저학년 시절 콧물 흘리던 짝꿍이 책상 한가운데 삐뚤빼뚤 줄을 그어놓고, 한쪽 주먹을 불끈 쥐어 보이며 자기 책상 쪽으로 넘어오면 죽는다는 시늉으로 엄포를 놓기도 했다.

어쩌면 선은 넘으라고 그어놓은 것인지도 모른다. 우리 삶에 지켜야 할 선은 어디쯤 그어져 있었을까. 산다는 것은 자신과의 경기에서 지지 않기 위해 열중하는 것이 아닐까.


이십여 년 전이다. 낯선 경상도 지역으로 이사한 지 일주일쯤 지난 때였다.

유치원에서 돌아온 아들이 호들갑스럽게 엄마를 부르며 생일파티를 열어 달라고 한다. 12월 생일까지는 아직 까마득하게 멀었는데 말이다.

황당해하는 내 표정을 읽었는지 생일을 앞당기는 것이라며 이미 친구들을 초대했다고 한다.

참으로 맹랑하다. 부랴부랴 주문할 음식 메뉴와 전화번호를 찾느라 바쁜 마음에 종종거리는데 벌써 초인종이 울린다. 친구들이 현관을 넘어서기도 전 쪼르르 나가서 반갑게 맞아들인다.

"니 빠알리 오온나~!"

갑자기 자연스럽게 튀어나오는 아들의 사투리가 생소하게 들렸다. 무슨 사투리를 그리 심하게 쓰냐며 퉁명스럽게 물었다.

"이 지역 사투리를 쓰지 않으면 친구들이 내 말을 안 들어줘요."
라고 대답한다. 일곱 살 꼬맹이는 자신 앞에 새로이 놓인 선을 스미듯 넘어가고 싶었나 보다.

흔히 인생을 계절에 비유하는 이유가 삶의 계절을 경계 없이 넘어가기 때문일까.

이쯤 살아보니 어느 것에나 경계를 구분 짓는 선은 늘 있었던 것 같다. 애써 구분 지으려 하지 않았을 뿐이다. 처음부터 그어진 선을 보지 못하고 살아왔던 것은 아닌지 혹은 필요한 선만을 보며 살아왔던 것은 아니었을까.

때로는 희미하게 남겨진 경계를 슬쩍 지워버리고, 나도 모르는 사이 넘어온 선을 가끔 뒤돌아본다. 행여나 나도 모르게 넘지 말아야 할 금을 밟고 있지 않은지 살펴보아야겠다. 겨울과 봄 사이에 절벽이 놓이지 않도록.

계절과 계절 사이에서 삶의 계절을 바라본다. 다가오는 삶의 풍성한 가을을 만나기 위해, 기웃거리는 나의 여름은 어디쯤엔가 오고 있는 가을을 곧 만날 것이다.

의식하지 않아도 섞이듯 살아가는 우리의 삶이 자연스러웠음을 느껴본다. 나의 가을도 저벅거리며 가까이 다다르고 있다. 가을이 가기 전 정리해야 할 일이 남아 있는지 돌아보아야겠다.

함박눈 쏟아지는 겨울이 곧 기다려질 것이다. 그리고 춘삼월 꽃망울과 함께 날리던 눈발은 이내 계절을 잊게 할 것이다. 앞서거니 뒤서거니 연둣빛 새싹들은 봄을 알리고, 꽃이 피고 꽃잎이 지는가 싶으면 여름꽃이 너울거릴 것이다.

이처럼 계절은 이어달리기를 하듯 이어간다. 우리는 연둣빛 새싹이 진초록 잎으로 짙어진 시점을 애써 알려 하지 않지만 목탄화를 문지르듯, 수채화 물감이 번지듯 계절이 바뀐다.

계절이 건너가는 곳에는 경계가 없다. 어디서부터 정확히 봄이었는지, 어디서부터 명확한 여름이었는지 구분하지 않아도 스미듯 가을이 되었다가 겨울로 간다. 눈발 날리는 벌판에서 봄을 기다리듯 마음속에는 따스함을 쟁여두어야 할 것 같다.

끝내 여름으로만 살 수 있다면 좋겠다. 여름과 가을 사이에 단풍이 오고 있다.

# 비버의 달

**붉**은 달이다. 고속도로 한가운데 유난히 커다란 달이 동그랗게 떠 있다.

달은 곧 산 위에 걸터앉았는가 싶더니 어디론가 숨었다. 사라진 듯싶었는데 정면에서 나를 바라보며 기다리고 있다. 돌연 길 뒤에서 뛰어오는 것처럼 나타나기도 한다. 때로는 매우 가까이에서 흐르듯 다가오고 있는 것 같다.

갈색과 붉은색이 섞인 화사한 달빛이 눈길을 끈다. 오늘은 예전에 무심코 보던 달이 아니다. 커다란 달은 밝으면서도 여러 빛깔을 함께 보여주고 있다.

11월 붉은빛이 도는 달을 '비버의 달'이라고 한다. 여러 이유 중 하나는 털갈이하는 비버의 털색을 닮아 그렇게 부른다고 한다.

평상시 비버의 털은 윤기 나는 갈색 계열의 빛깔이다. '야생의 목수'라고 불리는 비버는 두 개의 귀여운 앞니가 꽤 인상적이다.

예쁘고 앙증맞은 이름에 어울리는 모습을 상상하며 달을 바라본다. 검은색 하늘 위에 주홍색 색종이로 오려 붙인 듯 선명하게 보인다. 커다랗고 둥근 달 안에는 무수한 전설과 사연들이 숨어 있는 것 같다. 넓적 꼬리를 끌면서 달아나는 비버처럼, 달빛을 비추며 움직이는 달그림자가 서로 닮은 모습이다.

달이 붉게 보이는 것은 달에 도달하는 빛이 지구 대기를 거치는 상황일 때 붉은색 계열이 주로 달에 닿기 때문이다.

지구에서 관측하는 슈퍼문은 평상시 지구와 달 사이가 가장 멀 때보다 몇만 ㎞나 가까운 거리에 놓인다. 지금 보이는 달은 슈퍼문보다는 멀리 있을 것이다.

그런데도 하늘에 떠 있는 달이 이처럼 크게 보이는 것은 '달 착시현상' 때문이다. 주변 지형 등 인식의 차이와 대기의 상태에 따라 우리 눈의 렌즈 효과로 나타나는 현상이기도 하다.

눈에 보이는 것이 전부가 아니라는 말이 있다. 때로는 서로의 마음을 헤아리지 못하고 내 생각과 같다고 미루어 짐작하여 상대방을 대할 때가 있다. 보이는 것만을 믿어버리므로 겪는 혼란스러움이다.

그로 인해 타인이 내 마음과 같지 않음을 알았을 때 실망감을 느낀다. 달이 착시현상을 일으키듯 사람들 관계에서도 착시현상이 일어나는 것 같다.

달은 착시현상이라 할지라도 붉으면 붉게, 푸른빛이면 푸르게 볼 수 있지만, 사람들의 마음은 명확하게 볼 수가 없다. 숫자로도, 가늠으로도 헤아릴 수 없는 사람들의 마음은 무엇으로 이해하고 받아들여야 하는 것일까.

사람들의 마음을 얼마만큼의 거리에 세워두고 품어야 하는지 알 수가 없다. 가까이 있다고 서로의 마음을 잘 알고 있는 것도 아니며, 멀리 있다고 서로를 이해하지 못하는 것도 아니다. 달을 바라보듯 사람의 마음도 눈에 보이는 빛깔로 받아들인다면 사람들 사이의 관계에서 오해는 생기지 않을 것 같다.

달은 멀리 있기에 숫자로 기록되는 거리를 가늠하기 어렵다고 하더라도 우리의 눈으로 볼 수 있다. 그러나 도리어 사람의 마음은 알 것 같으면서도 모를 때가 있다. 그 때문에 수없이 고심하고도 난감한 오해의 상황을 만나고는 한다.

때때로 가까이 있어도 서로에게 먼 거리감을 느끼기도 하며, 사람과 사람 사이 마음의 거리를 헤아릴 수 없을 때가 많다. 달과 지구의 거리를 말하듯 명확하게 수치로 계산하여 마음을 말할 수 있다면 사람들과의 관계는 좀 더 투명하게 맺어질 수 있을까.

가족이나 연인 사이에 마주 앉아도 말없이 휴대전화만 바라보는 모습을 자주 접한다. 몸은 함께 있으나 마음은 멀리 있는 것처럼 보인다. 가까이 있다는 이유로 평소 서로에게 무심한 것은 아닌지 안타까운 마음이 든다.

우연한 기회에 남편의 직장 동료로부터 남편이 직장에서 상처를 경험했던 일에 대해 들었다. 혼란스럽고 마음이 상했을 상황을 타인에게 전해 듣고서야 알게 되었다.

남편은 힘든 내색조차 하지 않았다. 남편을 바라보며 오랫동안 마음이 편치 않았다. 늘 자신의 일이 최우선이었던 만큼 매우 힘든 시간을 보냈을 것이다.

얼마쯤의 시간이 흐른 후에야 남편은 담담히 자신의 이야기를 풀어놓았다. 무슨 일이든 서로 나누면 위로가 되지 않겠느냐고 물었더니, 마음만 더욱 상할 것 같아서 말을 아꼈다고 한다.

눈빛과 목소리만으로 서로의 생각을 헤아릴 수 있다고 믿던 때가 있었다. 이제야 생각해 보니 항상 눈빛만으로 서로를 안다는 것은 어려운 일이다. 아프면 아프다고, 힘들면 힘들다고, 기쁘다고, 즐겁다고 말하는 소통이 필요한 것 같다.

서로에게 마음을 표현함으로 달보다도 멀리 느껴졌던 우리의 거리감을 좁힐 수 있다고 믿고 싶다. 너무 가까워서 또는 익숙해서 놓쳐버렸던 서로의 마음을 살펴보는 것이 필요하지 않을까. 서로에게 소홀했던 시간을 함께 나누는 여유를 남겨두어야 할 것 같다.

집에 도착할 즈음 비버의 달은 이미 사라지고 없었다. 평소에 보던 달처럼 이제는 하얗게 평범한 달이 되어 나를 바라보고 있다. 먼 길을 달려오며 바라보던 오렌지빛 붉은 달은 어디론가 사라져 버렸다.

비버의 달을 언제 또 만날 수 있을까. 하지만 상대방에게 먼저 다가가겠다는 아름다운 생각을 품고 살아간다면, 우리의 마음속에는 슈퍼문보다 가깝고 비버의 달보다 고운 달이 뜨고 있을 것이다.

# 작은 것에 감사하는 마음, 배려

유난히 올여름은 장대비가 자주 내린다.

나는 비 오는 날을 좋아한다. 쏟아지는 비의 모습이 좋다. 시끄러울 정도로 소란스럽게 퍼붓는 소낙비가 마냥 좋다. 속 깊이 씻겨 내리는 시원함에 한없이 나 자신이 정화되는 것 같은 청량함을 느낀다.

고속도로를 달리고 있는데 멀리서부터 하나둘씩 비상등이 깜빡거리기 시작했다.

무슨 사고라도 일어난 것일까 하는 생각이 들기도 전에 깜빡거리는 불빛은 도미노가 쓰러지듯 내 앞에 있는 차까지 이어졌다. 영문도 모른 채 반사적으로 브레이크 페달을 지그시 밟으며 비상등 버튼을 눌렀다. 자극으로 인해 사건이 동시에 일어나는, 행동의 동기화 현상이라도 된 것 같다.

고속도로에서 만나는 장대비는 질주하는 차량 사이의 짜릿함까지 더해준다. 시야는 안개 속인데 온통 물보라로 인해 몽환적인 분위기를 끌어다 보여주기도 한다. 차량의 바퀴 사이를 차고 튕겨 나가는 물방울들은 커다란 힘이 되어 물 우물을 만들어 낸다.

유리창을 사이에 두고 쏟아지는 빗물로 인해 시야가 흐릿한데 때마침 전화벨 소리까지 울려댄다. 아무리 장대비 쏟아지는 풍경을 즐긴다고 해도 가까이 와 있는 위험 상황을 외면해서는 안 될 것 같다.

사정없이 쏟아지는 빗속에서 비상등을 켜는 것은 당연한 일이 아닐까. 빗속의 고속도로에서 차들이 비상등을 켜는 것은 뒤따라오는 차에 대한 배려이기도 하다. 차들의 흐름이 급히 변하는 것을 대처하기 쉽도록 전달하는 차의 언어이다. 뒤에 오는 차가 속도를 줄이지 못해 추돌하는 사태를 방지할 수 있다. 더불어 내 차의 안전도 확보되는 것이다.

비상등을 켠다는 것은 달리는 차들로 인해 발생할 수 있는 사고를 예방하기 위한 서로의 배려가 우선된 것이다.

문득 잊고 살았던 오래 전 일이 생각났다. '초보운전'이란 글귀를 뒤편 유리창에 붙이고 다니던, 운전을 시작한 지 얼마 되지 않은 시기였다.

이른 새벽 경부고속도로를 달리고 있을 때였다. 속도를 늦추기도 전에 급히 차선을 변경한 탓에 대형 트럭과 맞닥뜨렸다. 놀란 마음에 급하게 브레이크를 밟고 보니 3차선에서 한 바퀴 반을 돌아 1차선에 거꾸로 서버린 위험천만한 상황에 놓이고 말았다.

아찔한 순간이었다. '이렇게 죽는가 보다'라는 생각이 번개가 치듯 지나갔다. 뒷자리에 있던 아이들은 잠결에 바닥으로 굴러떨어졌다. 당황스러워하는 아이들에게 다친 곳이 없는지 물었다.

나는 온몸이 떨렸고 차는 멈춰서 버렸다. 온 힘을 손끝으로 집중하여 핸들만 부서질 듯 움켜잡고 있었다. 머릿속은 새하얗게 비어 버려 어찌할 바를 몰랐다.

때마침 뒤에서 달려오던 고속버스가 멀리서부터 속도를 줄이고 깜빡이를 켰다. 고속버스 기사님은 뒤따라오는 차에 수신호를 보내며 내가 제자리를 찾을 수 있는 시간과 공간을 마련해 주었다.

물론 지금의 판단으로라면 이차적인 사고를 만날 수도 있는 위험이 있기에 고속버스 기사님의 생각과 처치가 옳지 않다고 여겨질 수도 있다. 하지만 고속버스 기사님의 배려가 없었다면 어찌되었을까. 더 커다란 연쇄적인 추돌사고가 있었을지 모를 일이다.

그러한 위험을 무릅쓰고 깜빡이를 켜며 기다려 준 기사님이 고맙기 그지없다. 이른 새벽이었기에 차들이 많지 않았던 것이 그나마 천만다행한 일이었다. 물론 고속도로였으니 감사의 인사를 전할 수 없었다. 고작 함께 비상등을 깜빡거린 것이 감사 표현의 전부가 되어버렸다.

지금도 운전대를 잡고 고속도로를 달릴 때면 그날의 아찔함과 고마움이 문득문득 떠오른다.

우리의 삶 속에 타인의 배려를 무심코 받으며 감사함 없이 살아온 일들은 얼마나 많았을까. 어쩌면 받은 것은 잊어버리고 준 것만을 헤아리고 있었던 때가 있지는 않았을까.

내 기억의 시곗바늘을 거꾸로 돌려본다. 요즈음은 상대방이 베푸는 호의나 배려를 당연한 것으로 알고 사는 사람들이 많다. 나도 모르는 사이 누군가에게 배려받고 있었음을 잊고 산다.

그런가 하면 때로는 타인에게 베풀었던 것들 때문에 오히려 서운함을 느낄 때가 있다. 내 마음을 알아주기를 바라는 마음이 은연중에 있기 때문이 아니었을까.

대가를 바라고 베푸는 것은 선의도 나눔도 배려도 아니다. 오직 기쁨으로 건네는 것이야말로 진정으로 나누는 선한 베풂이다.

타인에 대한 배려라는 것이 생각처럼 대단하다거나 멀리 있는 것만은 아니다. 작은 것에 감사하는 마음만으로도 가까이에서 발견하고 또 만날 수 있는 것이 아닐까.

뒤에 달려오는 차를 위해 비상등을 켜는 마음처럼. 위험을 감수하고라도 아찔했던 현장의 수습을 마다하지 않던 오래 전 고속버스 기사님처럼.

# 흑백사진, 비움과 채움의

**한**장의 낡은 흑백사진을 본다. 한 노인이 그림처럼 웃고 있다. 그 옆에 옆모습의 내가 있다.

무심코 오래된 책을 들추다 책갈피에서 툭 떨어져 나온, 희미하게 빛바랜 한 장의 사진을 주워 들고 골똘히 들여다보았다. 까마득하게 잊고 있던 기억이 초가집 굴뚝에 피어오르는 연기처럼 되살아났다.

오래 전, 지인이 운영하는 요양원 비슷한 곳에서 잠시 일을 한 적이 있다. 지금으로 말하자면 고급 실버타운쯤 되는 것 같다.

첫아이 출산 후 잠시 쉬고 있던 때였다. 개원하면서 처음으로 도움을 청한 지인의 부탁을 거절하기가 어려웠다.

거리가 먼 시골이다 보니 버스를 타고 두 시간 정도를 오갔던 것으로 기억한다. 버스에서 내려 외진 마을을 끼고 걷는 고즈넉한 산속에 둘러싸인 공기 좋은 곳이었다.

그곳에서 유독 기억나는 한 사람은 사진 속의 노인이다. 그는 늘 침대에 누워 있었다. 거동이 불편하여 화장실에 가는 일마저 도움이 필요했다. 항상 인자한 미소를 잃지 않았으며 말을 아꼈다.

곁에 앉아 나지막한 목소리로 책을 읽어주면 그 노인은 늘 눈을 감고 들었다. 특히 성경의 시편과 잠언을 즐겨 듣고 싶어 했다.

다른 방의 이웃들이 찾아와 함께 이야기꽃을 피울 때도 대부분 듣고만 있었다. 간간이 건네는 그 노인의 웃음 띤 미소가 그러한 시간을 더 밝게 만들었던 것 같다.

찾아오는 이가 없는 시간에는 대부분 잠이 들어 있는 것처럼 보였다. 눈을 감고 있는 것인지 알 수는 없었다. 어쩌면 홀로 감당해야 할 시간을 자신만의 흑백 추억으로 지나온 삶을 회상하고 있는지도 모를 일이다.

가끔 모퉁이 길을 돌아 오토바이의 진동을 일으키며 찾아오는 집배원만이 유일한 외부인이다. 하지만 이곳에 있는 사람들에게 전해 줄 반가운 소식을 가지고 오지는 않았다.

노인들 또한 자신들에게 배달될 어떤 소식이 있을 것이라는 기대나 기다림은 가지고 있지 않은 것 같다. 노인들에게는 하루하루의 날들이 무채색처럼 지나갔다.

가랑비 내리는 어느 초라한 가을날, 사진 속 노인의 보호자가 방문했다는 말을 전해 듣고 그 노인의 방을 찾았다.

아들 부부가 찾아왔는데 얼굴이 익숙하다. 대중적으로 널리 알려진 사람이었다. 자신의 아버지를 부탁하던 그의 모습은 매우 진지하고 정중했다. 그들의 아름다운 만남을 위해 나는 가벼운 인사를 건네고 방을 나왔다.

길지 않은 시간 후에 아들 부부가 돌아가고 다시 그의 방을 찾았다. 방문을 여는데 노인은 소리도 내지 못한 채 숨소리마저 감추며 흐느끼고 있었다. 그 부부는 아버지의 체읍涕泣을 영원히 알지 못한 채 떠나보내지 않았으면 좋았으련만.

한 번도 자식들 이야기를 꺼내지 않던 노인은 마음을 열기 시작했다. 아들과 손자들과 함께 살고 싶은 마음이 너무나 간절하지만, 거동이 자유롭지 못한 자신을 돌볼 사람이 없기에 어쩔 수 없음을 슬퍼했다.

자신의 노년과 삶의 뒤안길을 절절히 가슴 아파했다. 그 어떤 희망도 품을 수 없음을 서럽도록 안타까워했다. 그때만 해도 지금처럼 노인 분들이 요양 시설을 이용하는 것을 선뜻 내켜 하지 않던 시절이었다.

우리는 누구나 늙어가고 또한 죽음을 향하여 가는 존재인 것을 때때로 잊고 산다. 문득 이러한 현실 앞에 한없이 겸손해진다.

오래 전 잊고 있던 한 장의 사진이 전해주는 흑백의 이야기는 우리 모두의 이야기로 다가올지 모른다. 점점 노인 인구가 늘어나면서 노인 문제가 사회적 쟁점으로 떠오는 것이 이제는 타인의 이야기만은 아닌 것 같다.

적어도 우리의 삶을 마무리함에 한계를 느끼지 않도록 미리 준비하며 살아가는 지혜를 가져야 하지 않을까. 나의 삶도 낡을수록 소중한 한 장의 흑백사진으로 남겨질 수 있기를 조심스럽게 바라본다. 거스를 수 없는 시간의 흐름 앞에 나는 겸허한 마음의 문을 살며시 열어 놓는다.

흑백사진은 비움과 채움을 함께 가지고 있는 것 같다. 보이지 않는 유채색을 마음껏 덧칠할 수도 있는 흑백사진은 오래된 과거의 소박한 기록으로 세월의 아련함이 배어 있다.

소중한 나만의 이야기들은 어디쯤에서 그토록 많은 시간을 기다리며 참고 있었던 것일까.

보는 이의 끝없는 상상을 자극하면서 그 한 장에 담긴 많은 이야기가 나름의 색깔로 흘러나온다. 문득 발견한 한 장의 빛바랜 흑백사진은 잊고 있던 이전의 기억을 불러오기도 한다.

오래 전으로 돌아가 만나볼 수 있도록 형언할 수 없이 설레는 감정과 감동을 차곡차곡 쌓아 놓으며, 한 줌 눈물과 입가에 절로 번지는 미소를 함께 전해준다.

천천히 다가오는 설렘으로 기다린 뒤에 얻는 애틋함이 되살아나 희미한 기억을 아름다움으로 전해주기도 한다. 시간이 지날수록 세월의 흔적이 묻어나는 낡은 피사체의 색감이 깊은 내면에 벅차오름을 안겨준다.

우리네 삶도 때로는 한 장의 남겨진 흑백사진과 같지 않을까. 누군가는 총천연색의 화려한 삶을 사는 이도 있을 것이다. 그러나 보이지 않는 곳에서 이름 없이, 빛도 없이 자신의 역할을 묵묵히 살다 가는 사람도 흑백사진이 주는 아련함처럼 '충분히 아름답다'는 생각이 든다.

가물거리는 기억 밖으로 걸어 나온 흑백의 이야기가 지그시 나를 바라보고 있다. 낡은 한 장의 사진 속에서.

# 밤비, 흔적을 지우다

나는 잠귀가 밝은 편이다. 잠이 들었는가 싶었는데 깊은 밤 부스럭거리는 소리에 눈을 떴다. 조심스러운 발걸음 소리가 들리고, 이리저리 길고 짧은 불빛이 흔들렸다.

시커먼 그림자의 움직임이 느껴졌다. 도둑임을 직감했다. 혹시라도 깨어난 것을 들킬까 봐 꼼짝도 하지 않으려 안간힘을 썼다. 거친 숨소리를 잠재우기 위해 입을 앙다물었다. 심장 뛰는 소리가 밖으로 새어 나가 천둥소리처럼 들릴 것만 같았다.

초등학교 저학년쯤, 막냇동생이 태어난 지 얼마 지나지 않았을 무렵이다.

오빠는 항아리손님이라 불리는 볼거리에 걸렸다. 엄마가

오빠를 돌보기 쉽도록 여동생과 함께 쓰던 방을 양보하고 건넛방으로 옮겨갔다.

어릴 적 살던 집의 본채는 일자형 한옥이었다. 동생과 함께 잠을 잔 방은 부엌에 연결된 방이었다. 부엌과 연결된 건넛방 뒷문은 방 벽면 옆에 있고, 부엌문은 소나무 빗장문으로 부엌 앞쪽과 뒤쪽에 있다.

빗장은 안에서 걸어 잠글 수 있다. 그러니 부엌 뒷문이 잠겨 있으면 방문 안으로 누군가 몰래 들어올 수 있을 것이라는 생각은 하지 않았다.

엄마는 날마다 잠자기 전 부엌의 양쪽 문을 걸어 잠그고 작은 쪽문을 통해 부엌 반대편으로 연결된 툇마루를 지나 안방으로 넘어갔다.

동생이 잠을 깰까 걱정이 되었다. 깨어나서 울기라도 하면 무슨 참담한 일이 생길지 모른다. 혹시라도 손에 흉기를 들고 있는 것은 아닌지 확인하고 싶었지만 차마 눈을 다시 뜰 수가 없었다. 꼼짝하지 않고 자는 척하는 편이 나을 것 같았다.

밤손님은 눈치를 챘던 것인지 움직임이 없다. 그렇다고 밖으로 나가는 기척이 들렸던 것도 아니다. 이불로라도 얼굴을 덮을 수 있었으면 좋겠는데 움직이면 안 될 것 같다. 하다못해 옆으로라도 몸을 돌려 등지고 싶었지만 어림없는 일이다.

얼마쯤 그렇게 꼼짝없이 눈을 감고 있다가 다시 잠이 들어버렸나 보다. 햇살이 눈부시게 쏟아져 들어왔다. 위아래쪽 문살 사이로 길게 창호지가 찢겨 있었고, 그 사이로 들어선 햇살에 나는 잠을 깼다.

순간 도둑이 비치는 손전등 불빛인 줄 착각을 했다. 가느다랗게 실눈을 뜨며 이리저리 눈동자만 움직이다 보니 방 앞문으로 햇살이 들어오는 것이 보였다.

'아침이구나.' 하는 생각에 앞뒤 가릴 겨를 없이 방문을 열고 뛰쳐나가 안방으로 들어갔다. 그러고는 아직 잠을 자고 있던 부모님을 붙잡고 엉엉 울어버렸다.

경찰들은 현장 조사를 마친 후 도둑을 잡기는 어려울 것이라는 말을 남기고 자리를 떴다. 추측할 수 있는 것은 우리 집 사정을 잘 아는 사람의 소행이 아닐까 하는 것뿐이었다.

그날 밤 엄마가 문단속을 깜빡 잊었던 것인지 아니면 밖에서 빗장을 열었던 것인지는 알 수가 없다. 밤사이 슬그머니 다녀간 밤손님들은 두 명으로 짐작되는 흔적만 남겼다. 뒷마당에 어지럽게 찍혔던 발자국은 작은 언덕배기로 이어지는 뒷담 울타리를 넘어서 사라져 갔다. 밤새 추적추적 내린 봄비로 인해 뒷산 중간쯤부터 그들의 자취는 지워져버렸다고 한다.

촉촉하게 내리는 비가 발자국을 감추기에 충분했으리라. 온 대지를 살금살금 적시며 내리는 봄비는 식물의 생명을 틔우며 자라는데 꼭 필요하다. 하지만 남겨두어야 할 것을 지워버리기도 하는 것 같다.

　때로는 사람들이 살아간 삶의 행적을 발자국에 비유하기도 한다. 가끔 돌아보면 지나온 삶을 어딘가는 지워져버려 기억조차 찾기 힘들고, 어디쯤은 들여다보기가 민망할 정도로 또렷한 것도 있다.

　왜 잊고 싶은 기억은 더욱 선명하게 남는 것일까. 어디쯤은 참 잘 걸어왔다는 자족감이 들기도 하지만, 또 어디쯤 남겨진 발자국에는 한없는 후회와 안타까움에 가슴이 옥죄여오기도 한다.

　어느 부분쯤 아쉽게 찍힌 나의 이야기일지라도 애써 지우려 하지는 않으려 한다. 한 발 한 발 걸어온 발자국들이 이어져 지금 나의 삶을 만들어 온 것이라 믿는다. 인생을 살아가면서 한 점 부끄럼 없이 산다는 것은 사실상 불가능한 일인지 모른다는 위안을 스스로에게 넘겨본다.

　지금까지 소중하게 밟아 온 내 발자국이 적어도 송두리째 도난당하는 일은 없어야 할 것 같다. 그렇다고 해도 살아가는 일이 제 맘 같았던 적이 흔하지 않으니, 한 발씩 내딛는 발걸음이 더욱 소중하게 여겨진다.

행여나 나도 모르게 내 삶 어느 한 귀퉁이가 사라지는 일이 있더라도 잃어버린 삶의 조각들이 부끄러움의 빌미가 되어서는 안 될 일이다. 항상 자신을 돌아보며 조심히 살아가야 하는 이유이기도 하다.

　어린 시절 잠결에 만났던 기억처럼 예고 없이 밤손님이 다시 찾아오는 날이 있을까. 소리 없이 죽음이 찾아와 지금까지 걸어온 나의 발자취를 흔적도 없이 들고 가는 날이 언젠가 올 것도 같다. 어찌 보면 담담히 그날을 기다리는 것인지 모르겠다.

　산다는 것은······.

# 시계추에 매달린 봄

꽃들의 눈물은 어떤 빛일까. 꽃들은 소리도 내지 못한 채 울음 운다. 봄꽃들이 언 땅속에서 겨울을 견디며 새싹을 틔우는 사이, 코로나바이러스도 함께 몸을 풀고 있었나 보다. 벚꽃이 활짝 피어나면서부터 시작된 것 같다.

사람들이 모이는 것을 막기 위해 주말에는 통행이 금지된다는 안내문이 붙기 시작했다. 실상은 사람의 통행을 막기에 앞서 바이러스의 확산을 막기 위함이다.

구례 산수유 축제가 취소되었다는 소식에 이어 진해 군항제도 취소한다는 소식이 전해졌다. 뒤를 이어 여기저기 해마다 열리던 봄꽃 축제를 줄줄이 취소한다는 안내문이 내걸리고 있다.

그런데도 모여드는 수많은 사람 때문에 할 수 없이 드넓은 꽃밭을 갈아엎는다고 한다. 전남 신안에서는 백만 송이의 튤립이 잘려 나갔고, 삼척에서도 낙동강 강변에서도 축구장 몇십 배의 유채밭이 트랙터의 발아래 흩어졌다.

사람들도 꽃들도 봄을 잃어버렸다. 계절을 잃어버리는 동안에는 시간도 멈춰 섰다. 내년 봄에는 더욱 화려한 웃음으로 피어나겠다며 제자리도 찾지 못하고 드러누운 꽃들이 부러진 손을 힘없이 흔든다. 사람들에게 멈춰버린 시간은 봄이라는 계절이지만, 봄꽃이 잃어버린 세월은 일 년 혹은 일생이 아닐는지.


예전에는 집마다 커다란 괘종시계가 벽면 한쪽에 붙어 있거나 가장 잘 보이는 집 안 중앙에 서 있었다. 지금은 거의 사라져버린 풍경이다.

시계에서 퍼지는 진자의 흔들리는 소리가 경쾌하게 들렸다. 매 시간 울리는 청량한 종소리가 온 집안을 생기 있게 만들기도 했다. 커다란 시계가 시간과 함께 살아가고 있음을 느끼게 해 주었던 것을 그때는 알지 못했다.

날마다 한 번씩 드르륵드르륵 소리를 내며 태엽을 감는 일은 대부분 아버지 몫이었으나 가끔 내게도 기회가 왔다. 태엽을 감는 소리는 작은 음악 소리와도 같았다. 있는 힘껏 태엽을 감아 돌리면서 힘들다는 생각은 하지 않았다.

요즘처럼 시계가 흔한 것도 아니었으니 시계가 멈춰버리면 난감한 일이 한두 가지 아니었다. 시계에 밥을 준다고 했다. 밥을 주는 일은 생명을 이어가는 일이기에 더욱 즐거운 일이었는지 모른다.

　초등학교 저학년 오후반 수업이 있는 날, 학교를 빨리 가고 싶은 마음에 등교 시간을 초조히 기다리던 곳도 흔들리는 시계추 곁이 아니었을까. 내 유년 시절, 일곱 살 어린 막냇동생을 등에 업고 엄마를 기다리던 시간이 길지만은 않았던 것도 멈추지 않고 흐르는 시간을 믿었기 때문이리라.


　서재 한쪽 벽면에 매달린 괘종시계가 멈춰 있다. 문득 멈춰버린 시계를 보며 코로나로 인해 봄을 만나지 못하고 지나버린 시간이 시계와 함께 있었던 것은 아니었을까 하는 생각이 들었다.

　앤티크 풍의 단아한 모양이 제법 시선을 끄는 시계이다. 마치 유연한 나체의 여신을 보는 느낌이랄까. 시계는 종을 머리에 이고 있는 모양이며, 몸체 가운데는 유리도 씌우지 않은 채 두 개의 커다란 톱니바퀴가 훤하게 드러나 있다. 크고 작은 원통형의 추를 길게 늘어뜨리고 이리저리 흔들리는 모습이 요염하기까지 하다.

　우아한 걸음걸이를 옮기듯이 시계가 시간을 건너가고 있는 것 같다. 그러한 시계가 멈춘 것을 이제야 발견했다. 요즘이야 수시로 휴대전화나 컴퓨터를 켜면 먼저 보이는 것이 시간이니 구태여 시계를 바라보는 일이 예전처럼 흔하지 않다.

요즘 시계는 태엽을 감아줄 일이 없으니 내가 할 수 있는 일은 건전지를 갈아주는 것이 전부이다. 건전지를 모두 갈아 끼우고서야 시계는 긴 호흡을 내쉬듯 잠에서 깨어났다. 아무 일도 없었다는 듯 경쾌하게 까딱이는 시곗바늘이 어찌나 반갑던지, 마치 생명을 이어가는 모습을 느낄 수 있었다.

드러누운 봄꽃들이 울고 있듯이 시계도 눈물을 감추고 있었을까. 잃어보아야 그 가치의 소중함을 절실하게 느낄 수 있다.

잃어버린 봄이 선뜻 우리 곁에 여름으로 다가오고 있다. 그런데도 잠자고 있던 시간은 사라진 것이 아니다. 조금씩 깨어나고 있었을 뿐이다.

새로운 에너지가 필요했던 시계에는 태엽을 끝까지 감아주는 것으로 시곗바늘이 움직일 힘을 채워주어야 한다. 이처럼 우리의 삶도 새로운 에너지를 충전해야 한다. 삶의 태엽을 감아보자.

잃어버린 시간 속에서도 시간은 흐르고 있었다. 흘러가는 시간과 함께 봄은 꽃의 끝자락에 매달려 살금살금 살아나고 있다.

흔들리는 시계추에 매달려 봄이 다시 걸어간다. 잃어버린 시간은 망각 속으로 흘려보내고, 이제 새로운 봄을 기다려야 할 것 같다. 고장 난 듯 보이는 시계가 쉬고 있었음을 보여주듯이 꽃들의 쉼도 씨앗으로 태어나길 기대해 본다.

# 꽃상여로 피어난 봄

꽃상여다. 꽃상여 안에는 이른 봄이 실려 있다. 온몸을 꽃으로 덮은 상여는 연분홍 얇은 옷을 입었다. 간밤에 내린 봄비에 꽃잎들은 서둘러 나뭇가지와 작별을 했다.

꽃바람이 꽃눈 되어 날리면 봄은 몸살을 앓기 시작한다. 꽃잎이 내어준 자리에는 연둣빛 어린 잎이 돋아나 그 자리를 대신할 것이다. 새로 돋은 잎들은 꽃샘추위를 견뎌낸 꽃잎을 기억하고 있을까.

봄 닮은 그녀가 꽃잎처럼 떠오른다.

내 기억 속의 키 작은 그녀는 눈에 띄게 예쁜 얼굴은 아니지만 늘 화사하게 웃는 모습이 매력적이었다. 논리적으로 말을 잘했으며 야무졌다. 행동은 당당하고 사려 깊었다. 누가 보아도 남편과 하나뿐인 아들을 마음 깊이 사랑하는 것을 느낄 수 있었다. 힘들고 아픈 사람들과의 공감 능력을 갖춘 사람이었으며 베풂에 인색함이 없었다.

작은 교회 목사의 아내였던 그녀는 부유하지 않았으나 나눔에는 모자람이 없었다. 나는 힘겨웠던 삶의 중간쯤에서 그녀를 만났다. 내게 먼저 손 내밀어 잡아준 고마운 기억의 사람이다.

그녀에게는 겨울을 밀어내며 피어나는 은은한 봄꽃 향이 스며났다. 봄볕처럼 따스한 온기로 겨울을 덮어주며 품어내는 봄의 햇살을 지녔다.

봄의 햇살도 때로는 구름에 막히고 바람에 갇힐 때가 있는가 보다. 비가 내렸고, 미처 피할 곳을 찾지 못한 날 그녀는 떠났다.

어느 봄날, 트럭을 몰던 운전자가 그녀를 덮쳤다. 트럭은 그녀를 밀어버리고 브레이크 대신 액셀을 밟으며 몸을 지나갔다고 한다. 고통조차 느끼지 못하는 잠시의 시간이 수술실에 머문 만큼 주어졌을 뿐, 안타까운 사람들의 기도 소리만 하늘로 향했다.

하늘은 하늘의 소리로 응답했다. 아무런 작별 인사도 없이 그녀는 떠나갔다. 언제나 기도가 먼저였던 그녀는 늘 신과 함께 있기를 원했다. 그녀를 사랑했던 모든 사람은 그렇게 믿었다. 신이 너무나 사랑한 그녀를 그의 곁으로 불러간 것이라고.

떠난 이는 자유로웠으며, 남은 이들은 가슴에 꽃잎 닮은 상처 하나를 새겼다.

오랜 시간이 흘러도 마음에 담긴 상처의 흔적은 더욱 진하고 또렷하게 남는 것 같다. 홀로 남은 남편에게 아내를 잃은 아픔은 오래도록 동행하는 슬픔이 아닐까.

"나는 엄마와 몇 년밖에는 함께 살지 못했잖아요. 그래도 아빠는 저보다 나아요."

라며 울부짖던 어린 아들의 몸부림 앞에 그는 마음 놓고 슬퍼할 수 없었을 것이다. 어린 아들을 품에 안고 수많은 이야기로 그녀를 불러내어 만났으리라.

그들의 아픔 위에 어떠한 것이 위로가 될 수 있을까. 가끔 화살처럼 쏘아 올린 작은 기도가 그들의 가슴속에 봄꽃으로 피어나길 빌었다. 초록의 새잎들이 흔적 없이 돋아나길 하얗게 빌었다.

애써 상흔을 지우려 하지 않아도 수없이 흘려보낸 세월 속에서 치유를 만난다. 치유는 세월을 먹으며 한 잎 한 잎 틔워낸 그리움의 열매다.

여름은 곧 올 것이다. 상심한 계절 속에 절절하게 울음 삼키며 시간은 흐른다. 꽃잎들이 떨어진 자리 위에 무성한 잎들은 지나온 이야기들을 소리 없이 쌓아둔다. 아픔을 견디며 흐른 세월만큼 스스로 강해진다.

떠난 이도 남은 사람들을 보고 싶어 할까. 사람들은 가슴속 깊이 혼자만의 그리움을 품고 살아가는 것 같다. 행여나 다시 아파질까 하여 침묵하고 있을 뿐 잊은 것은 아니다.

겨우내 추위를 견디며 돋아난 새싹의 고통을 여름도 침묵하고 있는 것일까. 알알이 영글어갈 결실은 애타는 마음으로 남겨두어야 할 것 같다. 지나온 날들은 작은 희망을 품고 견디어낸 시간이다.

꽃상여는 희망을 건네주고 떠나갔다. 세월을 돌고 돌아 언젠가 다시 만날 수 있다는 여운을 남기고 너울거리며 갔다.

아문 상처 위에 돋아나는 새살을 바라보며 미소를 지어본다. 이른 봄을 싣고 떠나는 꽃상여를 물끄러미 바라본다. 그때는 보이지 않던 것들이 이제야 보인다.

걸음걸음 놓인 꽃잎들을 밟으며 그녀는 꽃길로 갔다. 울음 우는 이들을 바라보며 날리는 꽃눈처럼 그렇게 날아갔다. 어쩌면 그녀는 상처보다 먼저 희망을 보았나 보다. 오랜 시간이 흐른 이제야 나지막이 그녀를 불러본다.

햇살 같은 그녀가 시리도록 그리운 봄날이다. 벚나무 아래에는 꽃무덤이 피었다가 사라져간다. 나무 아래 잠시 머물렀던 작은 자동차는 꽃단장을 끝냈다. 비에 젖은 꽃잎들은 인사도 없이 떠나는 상여를 부여잡고 휘파람을 불며 날아간다.

젖은 상여는 눈물을 흘리지 않는다. 꽃잎들은 눈물을 보이지 않는다. 바람은 그토록 많은 꽃잎을 어디로 몰아가는지. 바람의 끝에는 가슴 벅차도록 환한 봄이 꽃상여로 피어난다.

# 제2부.

# 기억 – 나를 만나러 가는 길

우리가 어떤 일을 겪고 경험을 하든지 간에
그것을 현재 시점에서 어떻게 재생되고
재구성하느냐에 따라 행복한 기억이 될 수도
뼈아픈 추억이 될 수도 있다.
기억은 우리의 삶 속에서 고동치는 존재이자
동시에 미래의 삶에 대한 이정표이다.

# 달, 다섯 개의 기억

≪봄≫-초승달 하나가 곰살맞게 웃고 있다

유치원에 다니는 두 살 어린 동생과 저녁 예배를 다녀오는 길이다.

무심천 기다란 둑길을 타박타박 걸어서 집으로 간다. 듬성듬성 보초를 서고 있던 가로등마저 오늘은 일찍 잠이 들었나 보다.

어두운 밤길이 어찌 그리 멀던지. 달빛에 어른거리는 그림자를 쫓아버리고 싶은데 그림자는 사라질 생각이 없다.

둘이 함께 아무런 말도 없이 걸었다. 온몸에 들어차는 긴장감에 걸음걸이는 빨라지고, 작은 바람 소리에도 주먹이 쥐어진다.

둑 아래에는 성냥갑처럼 늘어선 집들이 올망졸망 소꿉놀

이를 하는 것 같다. 언제부터인가 등 뒤가 쭈뼛해짐을 느끼고 있다. 그 사이로 새어 나오는 불빛이 어둠에 흔들리고 있을 뿐 사람이라고는 어디에도 보이지 않는다.

눈동자만 커졌다 작아지기를 반복하며 바쁘게 움직인다. 사박사박 누군가 뒤따라오고 있는 것 같아 돌아보면 뒷덜미를 낚아 차일 것 같은 느낌이다. 등줄기에서 한 가닥 식은땀이 쪼르르 흘러내렸다.

앞을 바라보며 동생에게 나지막이 말했다.

"셋을 세면 있는 힘껏 뛰는 거다. 알겠지? 하나, 둘, 셋."

동생의 손을 우악스럽게 부여잡고 냅다 뛰기 시작했다. 동생이 울먹이는 소리로 엄마를 부르며 달아나듯 뛰었다. 우리의 발걸음소리도 덩달아 뛰어왔다.

숨이 그득 차올라 더 이상 뜀박질이 힘들어질 무렵 멈춰섰다. 매캐한 흙먼지가 코를 자극했다. 거친 호흡을 몰아쉬며 뒤돌아보았다.

까만 하늘에 눈썹 닮은 달 하나가 뒤따라왔다.


≪여름≫-푸른 하늘에 하얀 반달이 떴다

낮에 나온 반달이 왠지 가까워 보인다.

엄마의 횅한 정수리 같은 반달이 속살을 드러냈다. 달은 스스로

빛을 낼 수가 없는데, 푸른 하늘 태양 빛에 가려 달빛마저 잃었다. 아직 은하수는 보이지 않는다.

달은 가득 차지 못해도 달이다. 반달이 뜨는 날 즈음이면 나는 골목길 끝에 나가 하염없이 서성거렸다. 기울어진 일을 접고 서울로 간 아버지의 소식보다 내 고등학교 합격 통지서가 먼저 날아들었다.

오래 전 동주가 헤던 별이 하얀 달 뒤에 숨어 있다. 하얀 쪽배에 보이지 않는 별이 한가득 담겼다.

나는 콩쥐도 되었다가 백설공주도 되었다가 때로는 유리 구두를 신고 호박마차에 올라타 보기도 한다.

어둠이 낮게 드리우기 시작하면 가로등 같은 반달이 서서히 노란 빛으로 물든다. 하늘에서 길을 잃은 별 하나가 유난히 반짝이며 내게로 다가온다.

어스름한 새벽을 깨우던 엄마의 기도 소리가 오늘도 이어진다. 어린 시절 별밭에 뜬 반달이 내게는 목마른 기다림이었다.

키다리 아저씨는 꿈속에서도 끝내 나타나지 않았다. 남몰래 사랑을 품은 목동의 별들이 떠올랐을 뿐이다.

오래 전 엄마가 품었던 한숨도, 돌아서서 훔치던 눈물도 이제야 검은 밤하늘에서 반짝거린다. 샛별*을 등대 삼아 노를 저어 온 반달에 엄마가 올라타 있다.

---

* 윤극영의 동요 〈반달〉.

≪가을≫-적막한 밤 호수 안에 동그란 달이 숨어 있다

오래 전 근무를 위해 잠시 머물렀던 곳이 가까운 친구의 고향이었다.

마침 고향에 내려온 친구와 연락이 닿았다. 친구는 어릴 적 제 동무들을 불러 모아 함께 저수지로 밤낚시를 가자고 했다.

낮의 모습을 본 적 없는 호숫가에 앉아 밤을 지새우는 기분은 묘한 설렘을 안겨주었다. 처음 보는 낚시질은 구경하는 것만으로도 신기했다. 얕게 속살거리는 물결 소리는 은은한 노랫소리가 되어 마음속에 젖어 들었다.

하늘에서 비치는 달빛은 수은등보다 밝았다. 호수만한 달은 처음 만난 사람조차 오래된 친구로 만들었다. 밤새도록 우리는 물고기 대신 아름다운 추억을 낚았다. 따스한 찻잔 안에는 우리의 우정을 담았다.

둥근달이 기웃거렸다. 새벽녘 아주 잠깐 텐트에 들어가 눈을 붙인 후 일어나 보니 멀리서부터 짙은 안개가 스며들고 있었다. 지척을 분간하기 어려운 안개가 수묵화 같은 감미로운 풍경을 만들어 내고 있었다. 짙은 안개가 이슬처럼 맺혔다. 안개에 휩싸인 새벽 호수가 이끌어내는 황홀한 모습을 지금껏 나는 어디서도 다시 보지 못했다.

새벽 안개에 취한 것도 잠시였다. 아침이 오기 전에 나는 숙소로 돌아가야 했다. 룸메이트에게 잠깐 기숙사 문을 열어 놓으라고 은밀하게 기별을 넣었다.

문이 열린 것을 확인한 후 살금살금 도둑고양이가 되어 방으로 숨어들었다. 사라져가는 보름달이 끝까지 나를 쳐다보았다. 나도 달을 바라보며 손가락을 입에 대고 '쉿~' 하는 시늉을 했다. 비밀은 지켜야 한다는 내 말을 알아들었는지 모르겠다.

그날 오후 사감인 직장 선배는 의미 있는 웃음을 지으며 나를 불러 세웠다.

"피곤하지 않아요?"

마른 하늘에 천둥과 번개가 우박까지 불러서 우르르 쏟아져 내렸다. 세월은 달처럼 애틋함에 묻어서 소리 없이 다가온다.


≪겨울≫-달이 떠오르지 못한 밤하늘에서 달을 찾는다

가끔은 쉽게 잠들지 못하는 밤이 있다.

뒤척이던 밤을 마주하기 위해 나는 달과 함께 산책을 나섰다. 새벽녘 잠시 나온 그믐달이라도 만나면 세상이 온통 밝아 보인다. 달만 보인다.

무심천 둑길을 따라 생각 없이 걷다 보니 어느새 남사교를 지나고 서문교를 지나 운천교까지 넘어왔다. 운천교까지는 가로등이나 불빛들이 그런대로 밝아서 혼자 걸어도 무섭지 않았다.

운천교를 지나 조금 더 걸었는가 싶었는데 지금까지 분위기와 사뭇 다름이 느껴진다.

둑길은 좁아지고 허름한 판자촌이 늘어서 있다. 찻길은 끊겼고 불빛도 사라진 느낌은 처음 접하는 으스스한 분위기이다.

문득 너무 멀리 왔다고 생각했다. 컴컴한 어둠 속에 인기척이라도 느끼면 황급히 발길을 돌려서 집으로 돌아오고는 했다.

그런 날이면 남들이 눈치채지 못할 만큼 대문을 살그머니 열어 두었던 아버지는, 월급날마다 깊은 술기운에 그믐달과 함께 돌아오셨다.

우리는 아버지의 손에 들려진 먹거리에 먼저 눈이 갔다. 얼근하게 취해 느지막이 들어오신 아버지는 잠에 흔들리는 사남매를 불러 모았다. 이런저런 당신의 이야기가 늘어진 녹음 테이프처럼 끝없이 이어졌다.

오래 전 기억이 오늘은 굴뚝 연기처럼 피어오른다. 그믐달은 수줍은 듯 얼굴을 내밀며 나설 준비를 하고 있나 보다. 그래도 하늘에는 달이 떠 있다. 보이지 않는다고 달이 없는 것은 아니다.

달도 때로는 숨고 싶을까. 속 깊은 내 진한 상념들이 소리 없이 흩어져 그믐달로 남았다.

오랜 시간이 흘러 이제는 무뚝뚝한 무심천 길에도 잘 가꾸어진 산책길이 놓였다.

## ≪하얀 그리움≫-내 가슴 속 달을 닮은

짐을 택배로 보내는 것보다 당신의 걸음이 더 믿음직스러운 엄마는, 힘든 것을 마다하지 않고 먼 거리를 옆집 다니듯 오셨다.

지난달 내내 속이 불편하여 병원 다니며 약을 먹었더니 이제야 나은 것 같다고 한다. 말씀은 그리해도 내게 들킬세라 슬그머니 약을 챙겨 드시는 모습이 예전과 다르게 수척해 보인다. 오신 김에 위장내시경 검사를 하자고 하니 성급히 손사래를 친다.

"이 나이에 어떤 결과가 나온들 무엇을 할 수 있겠니. 그냥 모르고 살다 가는 것이 맞는 것 같다."

엄마는 끝도 없이 떠날 준비를 하고 있는가 보다.

언젠가 엄마가 떠나는 날이 오면, 달도 없는 하늘 어디쯤으로 아버지가 엄마 마중을 나오시려나.

달도 뜨지 못한 오늘 밤에 그믐달 같은 아버지가 산책을 나오시는지 하늘을 올려다본다. 오래도록 바라보아야겠다.

달의 하루가 나의 한 달, 나의 한 달이 누군가의 일생일지 모른다. 내 가슴 속 달을 닮은 그리움이 하얗게 떠올랐다.

# 아버지가 남겨둔 마지막 길

전화벨 소리가 유리잔 깨지듯 자지러지게 울렸다. 시간은 밤 열 시를 지나고 있다.

굳어진 머릿속 많은 생각들을 정지시키고 잠시 전화기를 바라보다가 욕실로 들어가 샤워기를 틀었다. 물소리 사이사이 전화벨 소리는 연속적으로 울리다 끊기기를 반복했다. 샤워기를 타고 흐르는 물줄기 속에 소금기가 함께 녹아내렸다.

지난 주말 아버지를 뵙고 돌아 나오며 마지막 인사를 드렸다. 아버지가 돌아가셨다는 말을 듣고 싶지가 않았다. 사실은 속히 아버지가 계신 곳으로 가기 위해 준비를 시작한 것이다.

아버지는 종합검진 결과 대장에 커다란 혹이 발견되었고

그것이 악성인지 양성인지 판별해야 했기에 수술과 함께 조직 검사가 필요한 상황이었다.

당신은 자신이 사는 곳을 마다하고 내가 사는 곳으로 와서 수술받기를 원했다. 아마도 나름대로의 여러 이유가 있었을 것이다.

다행히 조직 검사 결과 양성이었으나 그 수술로 인한 후유증으로 다시 수술대에 올라야 했다. 수술 후 운동 권유를 소홀히 대한 환자의 탓이었을까. 아니면 의료진의 부족함이 있었을까. 그렇게 겨우겨우 대장 수술의 후유증이 나아갈 즈음 눈앞이 캄캄해지는 소식을 전해 들었다. 아버지의 팔순 생신을 막 지낸 때이다.

폐암 4기. 말기였다. 그동안 수술과 치료를 하면서 방사선 가슴 사진을 여러 번 찍었음에도 불구하고 발견하지 못했다. 이미 전이가 진행되어 손을 써 볼 수조차 없는 지경에 이르렀다니 기가 막힐 노릇이었다. 검사한 여러 가지 자료를 복사하여 방사선과 전문의와 일반외과, 내과 전문의와 함께 논의한 끝에 수술과 항암치료가 불필요하다는 잠정적 결론을 내렸다.

가족들도 같은 의견을 모았지만 최종 결정은 아버지의 몫이었다. 온 식구들이 함께 모인 자리에서 아버지는 본인의 의사와는 무관한 최후의 통첩을 받은 것인지도 모른다. 아버지의 남은 시간이 얼마 되지 않다는 것을 말씀드렸다.

수술이나 항암치료를 했을 때 생명을 연장할 수 있는 시간을 비교하여 알기 쉽게 설명을 해드렸다. 다른 생각은 아무것도 하지 말고 오직 자신만을 생각해서 결정하실 것을 권유했다. 그러나 아버지 입장에서 보면 달리 선택의 여지가 없었는지도 모르는 일이다. 절망적인 상황을 수긍하며 받아들이기가 쉽지는 않았을 것이다. 참으로 야박한 일이다.

남편은 조목조목 알기 쉽게 아버지의 상태에 대해 설명을 하고 있었는데 내 마음은 다른 끝을 향해 가고 있다.

혹시나 먼 훗날 후회로 남는 것은 아닐까. 빈말일지라도 끝까지 최선을 다해 보아야 한다고 한 번쯤은 권유해야 하는 것은 아닐까. '최고의 시설과 의료진이 있는 곳으로 모시고 갈까요.'라는 말이 목구멍에 마른침 넘기 듯 꼴딱거렸다.

아버지는 단호하고 짧게 아무것도 하지 않겠다고 했다. 체념하는 듯 멍한 표정과 슬프게 떨리던 모습은 오래도록 내게 아픔으로 남았다.


'이천 호국원 8구역 08360992호.'

이 땅에서 아버지가 마지막으로 이사한 집 주소이다. 그곳의 무수히 많은 집들 사이, 오직 한 칸의 공간에 내 어머니 들일 옆자리를 비워두고 입주한 지 어느덧 여러 해가 지났다.

인생을 살다 보면 곳곳에 복병처럼 나타나는 두 갈래 길에서 한

길을 선택해야 하는 순간을 만나게 된다. 형편과 상황을 무시하고라도 내가 살고 있는 이곳의 병원이 아닌 서울의 대형병원으로 갔다면 상황이 달라졌을까. 더욱 실력 좋은 의료진을 만나 후유증을 겪지 않아도 되었을까. 수술이나 항암치료를 했다면 그로 인해 겪는 고통에 비하여 만족할 만한 결과가 있었을까. 어쩌면 남아 있는 우리들은 덜 깊은 회한을 갖게 되었을지 모를 일이다.

이 모든 것은 내 아버지의 두 갈래 길 중 '가지 않은 길'로 남겨져 있다. 우리는 살아가면서 수많은 선택의 기로에 서게 된다. 끝없이 번민하고 갈등하면서 뚜렷한 확신이 없어도 무엇인가 결정을 해야 한다.

그렇지만 가지 못한 길을 동경하기보다 내가 선택한 이 길이 옳았다고 믿고 싶다. 죽음을 대면하고 걷는 길을 담담히 갈 수는 없을 것이다. 가야 할 때를 알고 준비하며 마무리할 수 있었던 아버지의 삶이 스스로 찍은 '마침표'였다는 위안을 이제야 가져본다.


"유난히 혹독하게 더웠던 그 여름날. 당신을 태우러 가는 좁은 길 따라 가랑비와 무지개가 멈칫거리며 이별의 손짓을 흔들었어요. 잘 지내시나요. 긴 여행이야 오래 전 마치고 하늘나라에 도착은 잘하셨겠지요. 언젠가 그곳 세상에 제가 가서 뵙더라도 저를 알아보지 못할 만큼 행복하게 지내셨으면 좋겠어요. 아버지."

# 문패를 세우다

태어나 한 번도 이름이 불린 적이 없는 이도 있을까.

오늘을 살아가는 사람들은 누구나 자신의 이름을 가지고 있다. 태어나면서 처음 자신의 이름을 스스로 짓는 이는 없을 것이다. 대부분은 부모님이 지어 준 이름을 평생 가지고 살아간다.

이름을 가만히 들여다보면 지은 사람의 바람이 드러난다. 이름은 자신이 부르기 위함보다는 타인이 불러주는 데에 더 큰 의미가 있는 것 같다.

여행길이나 가까운 산책길에 나서면 어렵지 않게 만나는 들꽃과 새들이 있다. 대부분 내가 이름을 모르는 새와 꽃이다. 작은 새는 모두 참새가 되고, 검은 새는 까치나 까마귀로 통일해 버리는 우스꽝스러운 자신을 발견한다.

뭉뚱그려서 국화 모양은 모두 들국화가 되고, 백합 모양은 다 백합이나 나리꽃이 된다. 나도양지꽃, 꿩의다리아재꽃, 붉은참반디, 무늬족두리풀, 이삭여뀌……

이런 이름의 꽃들을 나는 한 번이라도 불러 줄 수 있을지. 이 정겨운 이름을 지어 준 사람들은 누구일까 하는 궁금증을 가져본다.

박새, 딱새, 종다리, 직박구리, 오목눈이……. 째잭거리며 살포시 날아다니는 작은 새들을 만나도 나는 그들의 올바른 이름을 불러줄 재간이 없다.

"새야!" 그리고 "꽃아!" 그렇게라도 불러보련다. 그들도 자신의 이름을 내세우려 무리하게 애쓴 적이 없으니.

모든 이름에는 그만이 가진 특유의 얼굴이 담겨 있다.

무심히 이름을 들여다보면 꽃이며 새들의 모습이 연상되듯이 이름은 글자가 아닌 형태이기도 한 것 같다. 평면이 아닌 입체감을 느낄 수 있다.

모두의 이름에서 생명감을 느끼는 이유가 아닐까. 이들에게도 누구든지 알 수 있도록 예쁘고 자그마한 이름표를 달아 줄 수 있다면 좋겠다.


대부분이 단독주택이었던 예전에는 집마다 대문에 문패가 걸려 있었다.

'이 집에는 누가 살고 있다. 또는 아무개가 이 집 주인이다'라는 공공연한 표식이 아니었을까. 도로명이 없고 주소 찾기가 쉽지 않았던 때에 문패를 보고 집을 확인하기도 했다.

아버지는 노년에 당신의 집 지하 주차장을 서실로 꾸며 소일 삼아 붓글씨나 서각을 즐기며 지내셨다. 한 번쯤 국전에 출품해 보고 싶다는 소박한 꿈은 이루셨는지 모를 일이다.

어느 날인가 아버지는 친정집을 찾은 우리에게 남편의 이름이 새겨진 문패 하나를 전해주었다. 당신이 직접 글씨를 써서 파내고 다시 먹을 입힌 나무 문패였다.

사포질이며 니스 칠까지 얼마나 꼼꼼히 했는지 윤기가 자르르 흐르는 멋스러운 문패에 힘 있게 새겨진 남편의 이름이 빛나 보였다. 아버지는 나중에 집을 마련하면 대문에 걸으라는 말도 잊지 않았다.

아버지에게 있어서 문패의 의미는 무엇이었을까.

대부분 사는 일이 어렵던 시절, 자기 이름의 문패를 대문에 걸어 놓는다는 것은 삶의 온전한 자신감이었다. 얼마쯤은 성공한 삶이라는 위안도 있었을 것이며, 때로는 내 집이라는 당당함과 얼마쯤의 허세도 묻어 있었을 것 같다.

집을 갖기 위해, 그 집에 자신의 문패를 걸기 위해 수없이 참아야 했던 것들도 있었으리라. 어쩌면 스스로 힘겹게 일궈낸 땀방울이 녹아 있음을 두고두고 새기며, 인내하며 살았을 삶의 흔적 같은 것일지도 모른다.

시간이 흐르고 우리 부부에게도 내 집이 생겼다. 그러나 이미 주거 형태가 주택에서 아파트로 급물살을 타면서 대문마다 호위병처럼 붙어 있던 문패는 대부분 사라져 갔다.

지금도 시골 마을이나 옛 골목길을 돌다가 주택 대문에 세월의 흔적처럼 걸려 있는 문패를 만나면 반갑기 그지없다. 아버지의 문패를 만난 것처럼 정겹다.

잦은 이사에 짐을 꾸릴 때마다 문패는 우선적으로 챙겨야 할 목록이었다.

문패를 볼 때마다 유독 아름다운 대문과 정원이 아담한 집을 그려보며 내 집의 꿈을 키우기도 했다.

이제는 오래 전 아버지가 만들어주신 문패의 자리가 애매한 상황이 되어버렸다. 이 작은 문패에 큰사위의 이름을 새기며, 수없이 갈고 닦으며 무슨 생각과 바람을 담아 놓았을까.

아버지의 문패는 아파트 현관문을 열고 들어서면 처음 눈길 닿는 전실의 정면에 세워 놓았다. 문패가 서 있을 수 있는 자리가 있어 그것으로도 족하다. 볼 때마다 아버지의 정성과 소망이 느껴진다.

'잘 살아야지.'

작은 문패의 한 귀퉁이에는 아버지의 주름진 얼굴도 함께 묻어 있다.

언젠가 기회가 된다면 어디쯤에서 보았던 연한 하늘빛 대문이 있는 집에서 살고 싶다. 높지 않은 울타리를 두르고 아버지가 남겨주신 문패를 달아놓고 싶다.

마음 깊이 솟아나는 그리움을 살갑게 느끼며 살아도 좋으리라.

# 엄마의 외딴 섬, 그리움

외로움인가 보다. 아버지가 돌아가시고 엄마 혼자 지내시는 지 벌써 아홉 해가 지났다. 혼자가 편하다고 하던 말씀이 본심의 전부는 아닐 것이다.

엄마는 복지관이나 노인대학 등을 다니신다. 같은 연배의 어르신들과 벗 삼아, 여러 행사에 적극적으로 참여하며 늘 바쁘게 지낸다.

초등학교 등하굣길 교통안내도 하고, 날마다 수영장에 다니며 건강을 챙기는 일도 소홀히 여기지 않는다. 한여름 뜨거운 햇살과의 만남도 아랑곳하지 않으며, 작은 텃밭에서 울퉁불퉁 못생긴 채소들을 키워낸다.

여든 중반의 나이가 무색하다. 그런데도 한편으로 느끼는 허전함을 낯선 외로움으로 만나는가 보다.

외딴섬 같은 아득함이 오늘도 엄마의 마음을 흔들고 있는 것은 아닌지 모르겠다.

팔월, 작년 이맘때쯤이다. 광복절의 의미를 새기며 엄마와 함께 울릉도와 독도를 찾았다. 입도하기가 쉽지 않다는 독도를 밟으며 내 나라의 의미를 다시금 생각해 보았다.

아버지와 함께 울릉도까지는 다녀왔다며 엄마는 감회에 젖는 듯했다. 나와 단둘이 떠난 여행이 마냥 행복하고 즐거우신 모양이다. 이박 삼일은 너무 빨리 지나갔지만 갑작스러운 일기 변화로 인해 일정은 예상 밖으로 길어졌다.

일기예보가 항상 정확한 것은 아니었다. 높은 파고는 쉽게 잔잔해지지 않았다. 예정하고 떠났던 2박 3일의 일정이 5박 6일이 되어버렸다.

섬을 빠져나가지 못하는 많은 사람의 볼멘소리는 파도보다 더 높아져 갔다. 섬도 파도에 갇혀 있을 뿐인데.

한편으로는 늘어난 시간으로 인해 미처 둘러보지 못한 곳들을 다닐 수 있어 나는 좋기만 했다. 엄마와 함께하는 시간이 많아진 것이다.

걸음걸이가 불편한 엄마는 나에게 짐이 될까 하여 적당한 곳에 멈추고는 했다. 기다리고 있을 테니 혼자 다녀오라고 한다.

나는 또 그런 엄마가 마음 쓰일까 하여 저만치 가다가 돌아와서는 별스럽게 볼만한 것이 없다고 투덜거리며 너스레를 떨었다.

아침이 되면 배가 드나드는 선착장에 나가서 멍한 듯 바다를 바라보았다. 바다가 아무것도 놓아주지 않는 날에는 나도 섬이 되었다.

이제는 엄마와 마주보는 두 개의 섬이다. 많은 사람 속에서 사람들은 모두가 혼자인 듯 보였다.

각자 자기의 목소리를 내며 불평을 토로하기에 급급했다. 벗어나기 위해 발버둥쳐 그곳을 떠난다 해도 도착하고 보면 여전히 외로운 섬인 것을. 어쩌면 태어나기 이전부터 혼자였던 자신을 바라볼 수 있는 시간이었는지 모른다.

바다가 섬을 놓아주고 섬이 우리를 풀어주던 날 비로소 다른 외딴 섬을 보았다.

떠나지 못해 아우성치던 여행객들을 모두 보내버린 섬은 새로이 다른 사람들을 맞을 것이다. 우리는 홀로 떠다니는 자기 삶 속에서 외롭지 않은 추억 하나 건질 수 있으려나.

파도가 잔잔해져 섬과 이별을 할 때도 그들은 뒤돌아보지 않은 채 바다를 건넜다. 그곳을 떠나온 사람들은 파편처럼 흩어진 또 하나의 섬이 된다. 인생의 바다 위에 점점이 떠 있는 고독함이다.

"너는 좋겠네."

짧지 않은 통화를 마치고 수화기를 내려놓았는데 자꾸만 엄마의 한마디가 내 귓가에 맴돈다.

아이들 셋이 모두 타지로 나간 지 일 년 만이다. 하나둘 집으로 돌아오더니, 마지막으로 큰아이까지 돌아와 다섯 식구가 모두 모였다.

함께 살 때는 느끼지 못했는데, 비었다 다시 채워진 집안이 무엇보다 그득한 느낌이다.

갑자기 마음이 바빠진다. 정리를 끝내지 못해 여기저기 쌓여 있는 큰아이 짐들을 멀거니 바라보았다. 선뜻 엄두가 나지 않아 한참을 멍하니 앉아 있다가 멀리 계신 엄마 생각이 났다.

엄마는 내가 힘들 것이라는 생각은 하지 않는지 복작복작하니 좋겠다고 한다. 뒤이어서 들리는 "사람 사는 것 같아 좋겠네."라는 말이 내게로 와 가슴을 두드린다. 푸념처럼 들려오는 그 말에 빈 껍데기 같은 마른 느낌이 묻어서 왔다.

섬이 바다에 갇혀 살듯 엄마는 당신의 삶 속에 갇혀 산다. 이제는 홀가분하기도 하련만 북적거리던 옛날이 못내 그리운가 보다.

남편과 자식들을 곁에서 떠나보내고 살아가는 혼자의 날들이 문득문득 기다림의 시간으로 흘러간다. 특별한 날에 자식들이 왔다가 흩어져 가면 엄마의 혼잣소리는 메아리가 된다.

"이제 또 쓸쓸하겠네."

병원 진료를 받기 위해 잠시 다니러 오신 엄마에게 이번 명절에
는 식구들이 모두 모인 우리 집으로 오시라고 말씀드렸다.

"너만 힘들지. 애들도 다 들어와 있는데."

들릴 듯 말 듯한 혼잣소리를 삼키며 엄마는 흐려지는 눈빛을 애
써 감춘다. 마음과는 다른 말을 흘려보내고 혹여 들킬까 봐 애쓰
시는 모습을 나는 알아버렸다.

섬이 늘 외롭지만은 않다는 것을 엄마가 아셨으면 좋겠다. 우리
의 삶은 도돌이표다. 엄마의 삶이 돌고 돌아 나의 삶으로 이어져
간다.

나도 섬이다.

# 할미꽃 약속

어린 시절 우리 집은 낮은 언덕배기 아래에 있었다. 뒤꼍 울타리를 넘어가면 병무청과 연결되는 야트막한 야산이 있다. 그곳은 언제든지 찾아가 놀던 유년의 놀이터였다.

봄이 되면 들판과 산등성이를 넘나들며 갖은 나물과 봄꽃들을 가득 손안에 담아냈다. 가끔은 열심히 뜯어 온 나싱개(냉이), 쑥, 꽃다지, 벌금다지 등을 한 움큼 엄마에게 내밀기도 했다.

할미꽃을 처음 만났던 것이 그 무렵이었던 것 같다.

언덕배기 낮은 무덤가에는 숨은 듯 꼬부라진 키 작은 꽃이 꽃받침에 기대어 얼굴을 내밀고 있었다. 보랏빛 제비꽃들과 어울려 살포시 피어 있다. 붉은빛과 자줏빛이 섞인 듯 고운 빛깔이다.

꽃잎들 사이 온몸은 송송 돋아 있는 여린 솜털로 촘촘히 싸여 있다. 닿으면 따스한 할머니의 손길이 느껴질 것 같다. 하나의 꽃송이에는 여러 개의 작은 잎이 새의 깃 모양으로 붙어 있다.

할미꽃은 늘 허리가 아파 보인다. 고개 숙인 모습은 볼 때마다 언제나 애잔하다. 흔들면 아련한 종소리라도 울릴 것 같다. 눈물 마른 울음소리로.

나는 그런 할미꽃에 매료되어 때때로 꽃을 꺾어 책장 사이에 끼워두었다. 세월이 흐른 뒤 우연히 들춰본 책 속에서 종종 압화가 되어 있는 꽃을 발견하기도 한다.

거기에서는 허리도 굽지 않고 고개도 숙이지 않은 할미꽃을 만난다. '슬픈 추억'이라는 꽃말을 가진 그 꽃 속에는 할머니의 추억이 담겨 있다.

충북 괴산군 청천면 구방리. 방학이 되면 늘 찾아가던 외갓집 주소다. 조선 중기 문신이자 학자인 우암尤庵 송시열宋時烈(1607~1689) 선생이 은거하면서 중국의 무이구곡武夷九曲을 본받아 이름 지은 화양구곡華陽九谷이 가까이에 있다.

초가지붕과 사립문 그리고 마을 어귀 커다란 느티나무와 흙돌담, 덜컹거리는 버스가 흙먼지를 날리며 사라지던 신작로에 풀풀

날리던 매캐한 기름 냄새가 흐린 기억 속에 남아 있다.

그 기억의 한가운데 외할머니는 늘 웃고 있다. 사남매 아이들을 키우느라 고생이 많은 당신 딸 생각에 방학이 되면 외손주들을 데리고 가셨다.

손꼽아 기다리던 방학이 되어 할머니 집으로 가는 날은 더없이 반갑고 설레는 여행길이었다. 무엇보다도 시골의 자연과 정취를 만날 수 있어 더욱 기쁘고 즐거웠다.

여름이면 평상에 앉아 보릿대에 마른 쑥대를 얹은 모깃불에 눈물을 흘리던 일과 마을 어귀를 돌아 흐르는 냇가에 나가 물고기를 잡던 일이 기억난다.

산과 들을 뛰어다니며 곤충채집에 날이 어둑해지는지도 모르고 돌아다녔던 일은 방학 일기로 채워졌다. 도시 소녀가 나물 이름이나 들판의 꽃 이름과 친숙해진 계기이기도 하다.

겨울에는 자주 눈밭을 뒹굴었다. 마을 또래들과 어울려 눈싸움과 눈사람 만들기에도 하루해는 짧았다. 꽁꽁 언 개울에 나가 썰매라도 타고 온 날, 감기에 훌쩍이던 콧물과 기침 소리는 할머니의 걱정 어린 한숨 소리에 밀려났다.

추운 겨울 아랫목에 둘러앉아 화롯불에 구워 먹던 고구마 맛은 할아버지의 옛이야기처럼 달콤했다. 없는 살림에 하나라도 더 먹이려고 여간 부지런히 움직이신 것이 아니었다.

오랫동안 감자를 삭힌 후 걸러낸 녹말가루로 만든 감자떡은 외 갓집에서만 맛볼 수 있는 별미였다.

맏딸의 맏딸로 태어나 때로는 버겁던 내 여린 마음을 한없이 다 독여 주시던 할머니가 문득문득 고맙고 든든했다.

아궁이에 불을 지피는 할머니 옆에 쪼그려 앉은 채 마른 장작 하 나 던져 넣으며 말했다.

"할머니, 나중에 내가 크면 비행기 태워드릴게요."

고맙다는 말 대신에 건넨 약속을 기억이나 하고 계셨을까. 그 추 운 겨울 할머니는 냇가로 나가 언 손을 호호 불며 우리들의 옷을 깨끗이 빨아 입히고는 했다.


초등학교를 졸업한 후에는 외가에 가는 일이 거의 없었다. 단지 엄마나 아버지의 생신 때가 되면 할머니는 여러 가지 음식을 바리 바리 싸 들고 찾아오셨다.

그렇게 할머니를 만났던 기억이 흐려질만큼 시간은 흘렀고 나 도 집을 떠났다. 그 후에 할머니를 뵙는 일은 더욱 어려운 일이 되 었다.

많은 세월이 흐른 뒤에야 치매에 걸리고 거동이 어려운 외할머 니를 만났다. 내 기억 속에서 누구보다도 총기가 좋으신 분이셨지 만, 나를 알아보지 못하는 할머니를 망연히 바라보며 두 손을 잡은 채 자주 뵈러 오겠다는 말만 삼키다가 돌아왔다. 치매는 본인의 의지와는 무관하게 할머니를 집안에 가두었고 당신 스스로를 가두었다.

십 년 가까운 세월을 치매와 놀듯이 사셨던 할머니는 96세를 일기로 이 땅을 떠나셨다. 흰머리 폴폴 날리는 할미꽃 꽃씨처럼 떠났다. 그제야 기억해 낸 내 약속은 표식도 없이 무덤 아래 심었다.

이른 봄 어느 햇살 좋은 날, 생각지도 않은 곳에서 느닷없이 할미꽃을 만날 때가 있다. 그런 날에는 어린 시절 건넸던 약속은 슬그머니 사라지고 가슴 한편 아려오는 아쉬움만 남는다.

그래서일까. 해마다 봄이 되면 할머니의 무덤가에는 끝내 이루어 드리지 못한 슬픈 약속이 빛바랜 추억처럼 속절없이 피었다 진다.

# 아버지의 자전거

낯익은 중절모가 낡은 자전거에 앉은 채 멀어져 갔다. 아버지의 페달 밟는 움직임은 오래 전부터 정지 화면으로 멈춰 있다.

다시는 볼 수 없음을 알아차린 듯 내 걸음도 굳어버렸다. 자전거는 과거를 향해 쏜살같이 달아나며 뒷모습의 잔상만 남겨두었을 뿐, 두 개의 바퀴는 보이지 않는다.

어린 시절, 감기를 자주 앓던 나는 아버지의 등에 매달려 자전거를 타고 등굣길에 오르고는 했다. 그런 날은 으레 소아과 병원을 들러서 갔다.

뒷자리에 앉아 아버지의 허리를 움켜잡고 행여나 자전거에서 떨어질까 봐 온몸에 힘을 잔뜩 주었다.

거기에 포장도 되지 않은 길을 덜컹거리며 달릴 때면 엉덩이에 전해지던 충격이 만만치 않았다.

어쩌다 지각이라도 할 것 같은 날에는 아버지의 자전거가 톡톡히 제 몫을 해 주었다. 그때는 결석이나 지각은 감히 생각도 할 수 없었다. 무뚝뚝한 아버지는 나를 내려놓을 때까지 거의 말씀이 없었다.

남편은 때때로 어린 딸아이가 자전거를 타자고 졸라대면, 못 이기는 척 자전거를 타고 운동을 나간다.

그런데 어쩌다 한 번씩 타는 자전거가 낡았다. '버리고 새것을 사야 하나' 생각하고 있을 무렵 아버지의 자전거가 생각났다. 돌아가시기 얼마 전에 새로 사들인 것이다.

친정이 멀리 있으니 가지고 올 엄두를 내지 못하고 잊고 있었다. 어차피 사용할 사람이 없기에 버려질 것이었지만, 아버지가 사용하던 것이라고 생각하니 애틋함이 느껴졌다.

엄마는 창고에서 먼지를 뒤집어쓴 자전거를 꺼내 정성껏 닦은 후, 택배 사무실이 있는 곳까지 끌고 가서야 우리 집으로 보냈다.

아버지가 잡았을 손잡이를 몇 번이고 만지작거리며 쓸어내렸다. 먼 길을 돌아 내게로 온 자전거에서 아버지의 숨 가쁜 호흡이 느껴진다.

유년 시절 아버지와의 추억이 담긴 그 자전거는 아니지만, 아버지의 마지막 손길이 머물러 있는 물건이다. 특히 아버지는 말년의 삶을 그 자전거와 동행했다.

'000동 0000호입니다'라는 메모지를 자전거에 붙여 두었다. 값나가는 자전거는 아니지만 딸아이와 함께 즐기기엔 적당했고 아직은 쓸 만했다.

시간이 날 때면 남편과 딸아이는 동네를 돌기도 했고, 아파트 정원을 거닐 듯 자전거를 타며 시간을 보냈다. 머지않아 아이가 중학생이 되면서 자전거를 타고 놀 시간은 거의 사라져버렸다. 남편 혼자 자전거를 탈 일은 더더욱 없었다.

자전거는 한쪽 귀퉁이에서 하얗게 먼지를 뒤집어쓴 채 늙어갔다. 가끔 밖으로 나가 산책할 때면 툭툭 먼지를 털어내 주는 것이 전부였다.

그렇게 우리의 관심에서 멀어질 즈음 자전거가 없어진 것을 발견했다. 아마도 오랫동안 방치된 채 녹슬어 가는 자전거를 폐기처분한 모양이다. 딸아이 것도 함께 사라졌다.

여러 가지의 생각들이 밀물과 썰물처럼 마음을 뒤흔들었다. 가슴 한편에서는 바람 빠지는 소리가 요란스럽게 났다. 나는 한동안 그 자리에 망연히 서 있었다.

아버지의 등에 매달린 나는 자전거와 함께 추억 속으로 달려간다. 그곳에서부터 딸아이와 남편이 함께 자전거를 타고 달려온다. 아버지와 나를 태운 자전거 바퀴는 남편과 딸을 태운 바퀴로 이어져 굴러간다.

그렇게 세월은 자전거 바퀴가 달려가듯 흘러갔다. 그 세월의 흐름 속에서 내가 아버지와의 추억을 기억하는 것처럼, 딸아이의 기억 속에는 또 다른 빛깔의 추억들이 채워져 있기를 바라본다.

혹여나 길을 가다가, 아버지와 닮은 뒷모습을 담고 달려가는 자전거를 만나는 날이 있다. 그런 날은 여지없이 아버지의 자전거가 생각난다. 아니, 자전거를 함께 탔던 아버지가 생각난다.

자전거가 사라질 때까지 목을 빼고 바라보다 아버지의 뒷모습을 찾아 자전거가 사라진 길을 숨이 턱에 차도록 달려가 보는 자신을 발견하기도 한다.

그럴 때면 어린 시절 당신의 등을 내어주던 시간 속으로 한없이 걸어가는 나를 만날 수 있다. 그러나 거기에도 아버지는 없다. 자전거는 아버지의 모습까지 품고 사라져버렸다. 아득히 멀리 두 바퀴의 자전거가 날아가고 있다.

# 하얀 고무신

오후반 수업을 마치고 돌아오는 길이다.

대문 밖에서부터 분위기가 어수선하다. 엄마는 갈팡질팡 어찌할 줄을 모르는 모습이다. 아버지는 직장에서 일하다 말고 집으로 왔나 보다. 평상시의 아버지답지 않게 얼굴이 굳어 보인다. 이웃집 사람들의 웅성거림도 심상치 않다.

나는 초등학교에 입학한 지 얼마 되지 않은 새내기다. 그날 받아쓰기 백 점을 받은 시험지는 가방 밖으로 나오지 못했다.

다섯 살 난 여동생이 없어졌다. 엄마가 부엌에서 잠깐 일을 하고 나와 보니 아이가 보이지 않는다고 한다. 옆집, 뒷집, 건넛집에 골목길을 빠져나와 큰길까지 찾아봐도 동생은 흔적도 없다.

시간은 자꾸 흐르고 어둠은 질척거리며 다가오는데 아무도 돌아오지 않는다. 조금씩 걱정도 짙어진다.

'도대체 이 아이는 어디로 간 것일까. 아무 일도 없어야 할 텐데. 계속 안 돌아오면 어쩌나.'

다시 골목길 저만치까지 나섰다가 돌아오기를 여러 번, 멀리까지는 나갈 수가 없었다. 딴 데 나가지 말고 기다리고 있으라는 엄마의 목소리가 귓가에 쟁쟁 울린다.

골목 끝 전봇대 가로등 아래에 쪼그리고 앉았다. 의미 없는 글자만 쓰다가 지우고 쓰다가 지우면서 골목 안에 깔린 고요를 온몸으로 받아냈다.


많은 세월이 흐른 지금 나에게는 아들 둘이 있다. 일곱 살 작은 아들이 유치원에서 돌아올 시간이다. 볼일을 마치고 부랴부랴 돌아왔건만 버스는 벌써 아이를 내려놓고 떠나갔다.

아들은 어디로 갔는지 보이지 않는다. 다른 아이들처럼 목걸이 열쇠가 갖고 싶다던 아들의 말이 자꾸 생각난다. 황망한 마음에 아파트 놀이터를 가 보아도, 아파트 밖의 놀이터를 가 보아도 아이는 없다. 십여 분 거리에 있는 시장까지 가면서 문구점 오락기와 게임기에 붙어 있는 아이들을 살폈다.

낯선 도시로 이사 온 지 채 한 달도 되지 않았다. 아는 이도 없고 갈 곳도 없다. 눈앞이 캄캄하다. 어찌해야 할지 판단이 서지 않아 한동안 도로 한복판에서 멍하니 서 있었다.

문득 '아들이 집에 돌아왔는데 문이 잠겨 있어 다시 어디론가 가 버리면 어쩌나' 하는 생각에 집으로 돌아왔다.

현관문을 열려는 순간 옆집의 문이 열리고 아들이 나왔다. 내 가슴은 안도와 격정으로 쏟아져 내리는데 아이는 태연하다. 나 혼자 동동거리며 속을 끓이고 돌아다닌 꼴이 되었다.

애꿎은 아들에게 슬그머니 눈을 흘기며 혼잣말이다.

"잠시만 집 앞에서 기다리던지. 없어진 줄 알고 온 동네를 헤매고 다녔잖아. 걱정이 이만저만이 아니었어."

아들은 반응이 없다. 어린 시절 동생이 없어졌던 날, 부모님 마음이 더 오랫동안 까맣게 타들어 갔을 그 상황이 오버랩되었다.


그날 동생은 저녁 여덟 시가 훌쩍 넘어선 시간에 아버지 등에 업혀 잠든 채 돌아왔다. 품 안에는 아버지의 커다란 하얀 고무신이 안겨 있었다.

얼마나 울었는지 얼굴은 얼룩덜룩 고양이 얼굴이다. 엄마는 진이 다 빠진 듯 힘없는 모습이다.

동생은 엄마가 보이지 않아 찾으러 나섰다고 한다. 그 작은 발에 돛단배 같은 아버지의 흰 고무신을 신고서 집을 나선 것이다. 걷다가 발이 불편했는지 고무신을 끌어안고 다닌 모양이다.

얼마를 헤매고 다녔을까. 한 시간 여 떨어진 다른 동네에 가 있었다고 한다. 울며 다니는 아이를 발견한 어느 아주머니가 동생을 경찰서로 데리고 갔다.

아이는 얼마나 무섭고 두려웠는지 경찰에게도 가지 않고 아주머니의 손을 붙잡고 놓지 않았다. 그분은 부모님이 갈 때까지 아이와 함께 경찰서에 머물러 있었다.

동생은 경찰서에서도 흰 고무신을 놓지 않고 품고 있었다고 한다. 다섯 살 어린아이에게 아버지의 하얀 고무신이 어떤 의미였는지 동생은 기억하고 있을지 모르겠다.

왜 끝까지 놓지 못하고 끌어안고 있었을까. 아마도 낯선 거리를 헤매며 혼자 버려진 것 같은 절망감 속에서 아버지의 하얀 고무신만이 동생에게는 유일한 희망과 의지가 되었을 것이다.


여기쯤 살아온 길을 되돌아본다. 삶을 살면서 잃어버렸던 것들이 수도 없이 많았을 터인데, 그 중에 내가 기억하는 것들은 무엇이 있을까. 아쉬운 것은 무엇이며, 다시 찾은 기쁨을 얼마나 간직하며 살아왔을까 하는 생각이 든다.

누구나 가슴 한편에 놓지 못하는 하얀 고무신을 품고 살면서도,

우리는 때때로 품고 사는 나만의 하얀 고무신이 있었는지조차 잊어버리고 산다. 다른 이에게는 보잘것없어 보이지만 나에게는 목숨처럼 소중한 것이 될 수도 있다.

그동안 잊고 지낸 기억들이 내 삶을 얼마나 아름답게 바꾸어 놓았는지 다시 한 번 꺼내보아야겠다. 살면서 문득 자신이 어디로 가고 있는지 방향이 흔들릴 때면 나는 돛단배 같은 그리움을 불러 본다.

격랑의 삶 속에 이정표가 되었던 하얀 고무신을 어디에서 찾아볼 수 있을까.

때때로 너무나 소중했던 많은 것들을 잊은 채 살아온 것은 아닌지. 살아갈수록 더 어려운 것이 인생인 것 같다. 그래서일까. 문득 누군가에게라도 너무나 힘들다고 넋두리하듯 말하고 싶을 때가 있다.

그런 때에는 오래 전 아이를 잃고 넋이 나간 듯 안절부절못하던 부모님의 눈빛이 다가온다. 그 눈빛의 절실함으로 지나온 터널의 어둠조차 아름다운 삶의 한 부분임을 수긍하고 싶다.

지금은 가고 없는 아버지의 하얀 고무신에 고이 접은 손수건 하나 매어놓아야겠다.

# 나를 만나러 가는 길, 종축장을 지나서

나를 만나러 가는 길이 있다.

수아사 앞에서 오창행 버스를 타고 시내를 벗어나 달려간다. 포장도로가 끝나고 이어지는 흙길을 지나 종축장 입구 정류장에 내리면 바로 소나무 숲길이다. 종축장 가는 길이다.

학창 시절 틈만 나면 찾아가 즐거이 걷던 길이지만 종축장에 들른 기억은 없다. 소나무 숲길 지나 좁은 길을 만나면 다시 샛길로 이어진다. 작은 오솔길 건너 들판을 지나고 언덕과 둑길을 넘는다. 지척이며 걷던 길 위에서 만난 것들은 소복소복 내면에 쌓인 내 삶의 자양분이다.

크고 작은 나무들의 흔들림과 삐죽이 돋아나는 새순의 기지개가 비밀스럽다.

작은 새들의 종알거림은 귀에 익은 노랫소리다. 날갯짓이 자유로운 노랑나비와 봄나들이를 나온 벌레들이 봄을 가로지르며 놀고 있다.

후두둑 쏟아지던 빗소리와 소리 없이 내리던 안개비, 여름의 초록과 가을의 빛바램은 혼자라도 좋았다. 드넓게 펼쳐진 갈색 벌판에 부는 시원한 바람 소리도 익어가는 가을을 즐기는 듯했다. 계절의 길목을 돌아 눈보라 치는 허공을 잠잠히 바라보았다.

작은 교회당 종소리와 흩어진 기도 소리를 들으며 느린 걸음으로 걸었다.

텅 빈 벌판을 지나 하얀 겨울 풍경을 길 끝에서 만났다. 걸어온 길을 넘어서면 곱디고운 모래밭과 잔잔하게 흐르는 미호천 물길이 나를 반긴다. 내 어린 시절 추억의 장소이다.

나를 이끌어 온 이 길이 어디에서부터 시작되었는지 생각해 본 적이 없었다. 비 내리던 날에는 질척이는 길이 움푹 파이도록 걸으며 신발에 묻어나는 흙들을 불평하기도 했다. 발자국을 받아낸 길의 무던함도 나는 헤아려 본 기억이 없다. 무심하다.


우리네 삶의 여정을 흔히 '인생길'로 표현한다.

길은 당연히 길이여야 한다는 생각조차 없이 그저 걸었다. 길을 가다 보면 크고 작은 돌멩이나 드러난 나무뿌리 같은 장애물을 만나기도 한다. 때로는 비켜 가기도 하지만 힘껏 걷어차거나 슬그머니 한편으로 치워두고 갈 때도 있었다. 헛발질이라도 심하게 디딜 때면 넘어짐의 부끄러움에 멋쩍게 웃어 본다.

길은 아픔을 원했던 적이 없다. 그 길을 걷도록 몸을 내어주었다. 이 세상에 발을 디딘 우리는 본인의 의지와는 상관없이 어느 길인가를 가야 한다.

누군가는 산길을 걷기도 할 것이고, 누군가는 들길을 걸어가기도 한다. 혹은 돌길이나 자갈길을 걸어가는 이도 있을 것이며, 꽃길이나 비단길을 걷는 이도 있을 것이다.

어느 길을 가게 되었다고 해도 쉽게 걷는 사람은 없는 것 같다. 어떤 이는 인생을 가시밭길이라고 말한다. 그렇지만 어떤 마음으로 걸어가는지에 따라 발걸음의 무게가 달라지지 않을까. 노래하면서 걷거나 통곡하면서 걸을지라도 모두 품어야 할 나의 길이다.

길은 이어지고 사람들은 길을 걸으며 또 다른 길을 찾는다. 묵묵히 걷다 보면 어느새 조급함은 사라지고, 여유 있는 기다림도 어색하지 않다.

어디까지 가야 할지는 묻지 않기로 한다. 가보지 못했던 길이기에 조금 더 조심스레 걸어 본다. 어쩌면 다시 돌아와야 할지도 모른다. 때로는 홀로, 때로는 함께.

종축장 가는 길에는 지나온 내 삶의 여정이 담겨 있다. 함께 걸어온 삶의 순간들이 암묵적으로 나열되어 시간을 따라 흐르고 있었다.

삶의 일부였던 그 길은 내 곁에서 가까이 동행하고 있었나 보다. 이만큼 걸어와 되돌아보면 아득하게 깔린 길들은 보이기도 하고 보이지 않기도 한다.

중간중간에 만났던 장애물들을 나는 어떤 모습으로 건너왔을까. 아직 남은 길에는 얼마만큼의 설렘과 얼마나 많은 어려움이 기다리고 있을까.

종축장 가는 길은 이미 오래 전에 사라졌다. 사람들이 가고 오듯이 길들도 가고 또 온다. 세월도 가고 다시 오는 것처럼. 그러나 시간은 어제의 그 시간이 아니다.

고향을 떠난 후 많은 시간이 속절없이 흘렀다. 타지에 살던 나는 친정으로 가는 길에 우연히 종축장 입구 버스정류장 앞을 지나게 되었다.

예전에 즐겨 찾던 길과 숲은 흔적도 없이 사라지고 드넓던 벌판에는 아파트 숲이 빼곡히 들어서 있다.

새로움이다. 기억 속의 길들은 나에게 남고, 새로운 길은 다른 이들의 기억 속에 남을 것이다.

종축장 가는 길을 지나서 가면 지금은 사라지고 없는 길이 아직도 내 가슴속에 남아 있다. 두고두고 흙 내음을 풍기며 아련함과 행복감을 이어가리라.

우리는 때때로 삶의 길을 찾는다. 땅 위에 있는 길이야 잘못 들어서면 다시 돌아올 수도 있지만, 지나온 인생길은 다시 돌아갈 수가 없다. 땅 위의 길은 사라져도 다른 새 길이 생기지만, 삶의 길은 한번 지나치면 흔적만 남을 뿐이다.

어제의 길을 아름답게 기억하는 것처럼 오늘 가고 있는 이 길을 가슴 벅차게 걸어가야 할 것 같다. 지금은 바쁘게 걷는 길이라도 멀지 않은 훗날에 아름다운 추억의 길로 남지 않을까.

내 앞에 이어질 또 다른 종축장 가는 길을 기대해 본다.

# 제3부.

# 여행 — 풍경

우리가 여행을 즐기는 이유 중 하나는
여행지에서
뻔하고 익숙한 것이 아닌
낯선 것들을 체험하는,
낯섦을 온몸으로 받아들이는 것이다.

# 풍경에 오르다

남녘의 겨울산은 무채색이다. 하늘 아래 눈에 보이는 것들은 온통 잿빛이다. 나무 사이사이의 공간도 온통 미세먼지에 덮여버렸다. 혹여 산에는 미세먼지의 답답함이 덜할까 싶었지만 숲속도 여전히 흐리다.

맑은 공기를 마시러 산으로 간다는 것이 예전 같지 않다. 미세먼지로 인해 외출 시에는 항상 마스크를 써야 한다지만, 마스크를 착용한 산행은 익숙하지 않은 아이러니이다.

산행에 좋은 계절은 봄이나 가을이겠지만 어쩌다 때를 놓쳐버렸다. 가까운 산 한 번 찾지 못하고 겨울을 맞았다.

건강을 이유로 때때로 찾는 산이지만 오늘처럼 희뿌연 날은 마음이 편하지 않다. 요즘에는 맑은 날이 언제였는지 기억이 나지 않을 정도다.

마을 뒷길을 따라 오르다 보면 가파른 콘크리트 포장길과 계단이 이어진다. 흙길을 만나지도 못했는데 호흡은 턱밑까지 차오른다. 편백나무숲 벤치에는 토요일 오후의 나른함이 걸터앉았다. 그 위로 공허한 바람이 잠시 머물다 휩쓸려간다.

길가에 헝클어진 넝쿨 사이로 개나리가 듬성듬성 노란빛을 펼쳐 보였다. 지금이 어느 계절인지 잠시 착각이 든다. 꽃잎은 말라 버린 것과 반쯤 피다 만 것과 활짝 핀 것들이 뒤섞여 있다.

계절을 잊은 것인지 아니면 잠깐 산책을 나왔던 것인지 모를 일이다. 제철도 아닌 시절 삐죽이 돋아 나온 개나리 노란 꽃잎들이 더없이 초라해 보인다.

계절을 역행하고라도 무언가 할 일이 있는 것일까. 추위에 쪼그라들고 먼지에 젖은 꽃잎들은 꽃이어도 꽃의 아름다움은 잃었다.

처음부터 산이 내어준 길은 아니었을 것이다. 산으로 접어드는 좁은 흙길은 사람들 발자국을 얼마만큼 헤아리다 길이 되었을까.

산이 내어준 길에 한 번쯤은 감사할 이유 있을 것인데, 사철 푸른 솔잎은 갈색으로 떨어져 좁은 산길 위에 흩뿌려져 있다. 하지만 그들이 간직했던 푸른 마음은 변치 않았을 것이라고 믿고 싶다.

떨어진 지 오래된 나뭇잎들은 밟아도 소리가 나지 않는다. 낙엽들은 닳아버린 모습으로라도 외치고 싶은 말들이 있었을 것이다.

바스락거리는 낙엽 밟는 소리가 듣고 싶어진다. 귀 기울이며 조각조각 빛바랜 나뭇잎들을 모아보았다. 무수히 밟히며 무슨 마음으로 침묵을 지키고 있었던 것일까. 떨어져 쌓인 낙엽은 발효를 꿈꾸고 있을 것이다. 아마 봄을 기다리고 있는가 보다.

　모든 잎을 떨구어낸 겨울나무들은 몸서리치며 추위와 외로움을 견디고 있다. 때로는 훌훌 털어버린 마음으로 홀가분할지도 모르겠다. 어쩌면 새싹의 돋음을 위해 온 힘을 다해 기다리며 준비하고 있는 것이리라. 우리도 봄을 기다리고 있는 것처럼.

　숲은 그 나무들을 품고 우리는 그 숲을 품어야 한다. 그러나 멀지 않은 날에 숲도 우리도 서로를 품을 수 없는 날이 올까 두렵다. 자연과 사람들이 함께 사는 날들이 늘 푸르고 맑기를 기대해본다.

　오르는 길목마다 용골, 탑골, 정상까지 ○○㎞라는 이정표를 세워 두었듯이 우리가 가야 할 삶의 이정표는 어디쯤 세워졌을까. 스치듯 지나친 많은 이정표를 어디서 다시 확인해 볼 수 있으려나.

　무심히 놓쳐버린 삶의 순간들을 기억의 저편에서 불러내어 헤아려 본다. 아슬아슬하게라도 지나온 삶의 이야기들이 손짓하고 있는 것 같다.

　정상을 향해 걷다 보니 등줄기에는 땀이 흐른다. 산은 오르막길과 평지의 길을 함께 내어준다. 나는 숨 가쁨과 숨 고르기를 번갈아 짚으며 산을 오른다. 오르막은 한참인데 평지는 잠깐이다.

오르막길에서는 땅이 보이고 평지에서는 나무와 하늘이 보인다. 연둣빛의 봄과 진초록의 여름을 거쳐 단풍으로 물들었을 시간을 보낸 지금, 갈색의 나무들은 병정처럼 서 있다. 곧 교대식을 치를 것이다.

산비탈 한편에는 뿌리마저 드러낸 나무가 눈에 보인다. 지난 태풍 탓일까. 힘겹게 몸을 지탱하고 있는 나무는 반쯤 드러누운 채 겨울을 버티고 있다. 계절이 바뀌면 다시 일어설 수 있으려나. 조심스레 새싹이 돋아나길 기다려 본다.

산을 오르는 길은 삶의 여정과 닮은 모습이다. 길의 가운데에서 과거의, 현재의 나를 만난다. 미래의 모습까지도 그려보면서.

산을 만난다는 것은 산을 오르는 게 아니라 산이 가진 풍경까지 품는 것이다. 산은 내려가기 위해 오르는 것만은 아닌 것 같다. 오르기 위해 오르기도 한다. 오르고 보니 내려갈 길도 보인다.

우리의 삶도 각자의 정상에서 내딛는 내리막길이 더욱 아름답기를 바란다. 문을 박차고 나서기까지의 갈등을 이기고 산행을 마무리하는 자신이 대견하다.

더없이 가벼운 발걸음으로 산을 내려간다. 갇혀 있던 햇살마저 어디론가 사라져 갔다. 주변은 서서히 어둠으로 짙어가지만 마음속엔 흐뭇함이 가득하다.

어디쯤에서 눈 덮인 겨울산이 나를 부르고 있다.

# 덕유산 눈꽃을 찾아서

눈과 비 사이에 겨울이 서 있다. 그 틈을 비집고 눈꽃을 만나러 나섰다. 겨울과 산 사이에 숨어 있는 구상나무는 미처 눈옷을 다시 입지 못했다. 눈꽃을 피우지 못해 휑한 숲은 서둘러 바람의 옷을 입는다.

덕유산의 겨울은 봄을 부르지 못한다. 끝이 보이지 않는 사람들의 행렬이 아직은 겨울을 놓아주지 못하기 때문이다.

눈은 나무의 발등을 덮고 사람들의 발자국은 눈 위를 덮는다. 눈 덮인 겨울산을 보고 싶은 기대감은 서툰 실망감으로 다가왔다가 이내 고드름 녹는 물방울로 떨어진다.

길게 늘어선 사람들의 표정은 모두 해맑다. 명절 전날의 여유로움이 많은 사람을 이곳으로 불러 모았나 보다. 연휴라는 것을 생각하지 못하고 예약도 없이 왔다.

탑승한 곤돌라에서 바라보는 숲의 얼굴은 흐리다. 뿌연 창으로 들어서는 경관을 자세히 보기 위해 두 눈을 비벼본다.

언뜻언뜻 나무 위를 내려다볼 수 있는 것은 지상에서 올려다보는 것과 다른 풍경이다. 하늘과 어울려 흔들리던 나뭇가지가 땅과 섞이어 평온해 보인다.

햇살은 늦잠에서 깨어나지 못하고 있다. 눈 쌓인 설천봉의 앞마당은 설경을 즐기기 위해 모인 사람들의 놀이터가 된다. 눈싸움도 눈사람도 하나의 추억이 되어 누군가의 가슴속에서 살아갈 것이다.

내려오는 사람들을 보내고서 올라갈 수 있는 좁은 산길에는 사람들로 띠를 이룬다. 길게 늘어선 사람들. 누군가는 떠나오고 누군가는 떠나간다.

발밑에서 뽀드득거리며 따라오는 눈들의 이야기는 속살거리는 노랫소리이다. 눈들도 녹아버리기 전에 하고픈 이야기들이 있을 것이다.


겨울이 깊은 산에는 바람도 여유를 갖지 못한다. 바람은 제 갈 자리를 예약이나 해두었을까. 무작정 불어와 사정없이 계절을 밀어내며 떠나가는 것이 아니면 좋으련만. 바람은 머무르지 못하고 빠른 속도로 날아갔다.

사람들은 옷을 여밀 뿐 아무도 바람을 붙잡지 않는다. 작은 나무들 또한 흔들리면 그만이다. 사람들은 그 바람을 통해 봄 내음을 맡고, 흔들리는 나무는 이내 푸른 새싹이 돋을 것이다.

향적봉 오르는 길, 죽어서도 천년을 산다는 주목은 수의도 입지 못했다. 일어서는 햇살에 반사되어 마른 가지마저 눈부신 나무는 말이 없다. 어쩌면 안으로만 삼키고 있는지 모른다.

언제부터 고사목이 되어 이 산을 지키고 있었던 것일까. 문득 고사목이 된 주목이 산을 떠나지 못하는 이유가 알고 싶어졌다. 알수 있을까. 우리보다도 몇 곱절의 세월을 살아낸 나무는 우리가 알지 못하는 것을 묵묵히 지키고 있는 것 같다.

매섭지 않은 날씨 탓인지 초행길에는 멀어 보였던 길이 오늘은 더없이 가깝게 느껴진다. 햇살이 기지개를 켜고 향적봉의 언덕을 기웃거릴 때면 바람도 여유를 부리고 있다.


주변이 희뿌옇게 밝아오기 시작했다. 정상의 풍경은 구름을 풀어놓은 듯한 한 폭의 수묵화였다. 산들은 앞서거니 뒤서거니 얽혀 구름과 같이 흘러가는 듯하다. 상고대를 감추어 놓은 대신에 더할 나위 없는 풍경이 눈앞에 펼쳐냈다.

발을 아래로 내디디면 구름 위에 올라탈 수 있을 것 같은 착각마저 불러온다. 산들이 파도치고 있다. 하늘이 바다이고 바다가 하늘이 된 듯 새파란 빛깔이다.

몰려드는 사람들로 인해 답답했던 산은 더는 답답하지 않다. 겹겹이 이어진 수많은 산은 저들끼리 끝없는 이야기를 나누고 있다.

새삼 눈 위로 밟고 올라온 계단들을 뒤돌아본다. 산으로 속한 나무와 숲과 길들의 기다림이 느껴진다.

향적봉 정상을 알리는 표지석 앞에는 인증사진을 찍기 위한 사람들이 기나긴 줄을 이어 놓는다. 그 줄을 지켜보며 줄은 삶을 잇는 끈으로 연결될 수도 있다는 생각이 들었다.

계절이 바뀌기 전에 산은 몇 번이나 눈꽃을 다시 피울 수 있을까. 겨울은 머물지 못하고 서둘러 떠나는 나그네이다. 도도한 산은 한 번도 우리에게 오라고 한 적도 가라고 한 적도 없지만 사람들은 사람들의 이야기를 풀어놓기에 여념이 없다.

그곳에서는 산과 자연이 하는 말들을 들을 수 있도록 귀를 열어 놓아야 한다. 그들을 품을 수 있는 가슴도 열어두어야 한다.

비워 낸 마음속이라야 그들의 이야기를 담아 볼 수 있을 것이다. 그때 비로소 산을 만날 수 있고, 나의 깊은 내면의 속살도 마주할 수 있다. 어쩌면 삶의 깊숙한 비밀까지도 찾을 수 있을 것이다.

언제쯤 끈으로, 줄로 연결된 산의 비밀스러운 손짓을 홀로 오롯이 만날 수 있을까.

산은 언제나 같은 모습일 때가 한 번도 없다. 그토록 오랜 세월을 살아낸 이들의 지혜로움을 어떻게 엿볼 수 있을까.

부르지 않아도 다시 겨울이 오면 이곳을 찾을 것이다. 내게 들려줄 산의 이야기를 들으러 와야겠다. 그들의 이야기 속에 녹는 듯 섞이고 싶다.

그때는 마음도 말도 다 내려놓고 비우고 올 것이다. 더 크게 웃어 주고, 더 환하게 끄덕이며 맞장구도 쳐 볼 것이다. 여전히 눈꽃 핀 숲과 상고대를 기대하면서.

# 골짜기를 깨우는 새싹 바람

코비드COVID 19로 온 나라가 뒤숭숭하다. 환자가 늘어나면서 대중시설이 속속 문을 닫고 있다.

아파트 단지 내 피트니스 센터나 사우나도 무기한으로 폐쇄 조치에 들어갔다.

거리에는 차도 사람도 드문드문하니 휑하다. 가끔 사람들의 모습은 하얗고, 까만 마스크만 크게 확대되어 빠르게 움직이는 듯 보일 뿐이다. 시끄러운 세상을 잠시 벗어나고 싶어 산으로 간다.

봉암수원지 수문 입구에서 가파르게 이어진 오른쪽 좁은 산길을 오르기 시작했다. 처음부터 오르막이 심하여 몇 발짝 옮기니 이내 숨이 턱밑에 차올랐다.

삼십 분 남짓 오르면 조금은 넉넉한 평지 길을 만날 수 있기에 몰아쉬는 가쁜 호흡이 견딜만하다.

삼월이 코앞인데 숲속은 아직 겨울의 모습을 고스란히 담고 있다. 발밑에서 바스락거리는 묵은 나뭇잎들은 형태를 잃은 지 오래다.

메마른 길 위에 쌓여 겨울을 지내온 나뭇잎들이지만, 이마저 없는 산길의 풍경은 상상해 볼 수 없을 것 같다.

지난밤 바람은 몹시도 다급하게 불었다. 열리지 않는 창문을 얼마쯤 덜컹대며 흔들다 떠나갔다. 그렇게 바람이 다녀간 흔적인지 하늘과 대기가 오랜만에 투명하리만치 맑고 푸르다.

골짜기마다 가느다란 물줄기가 바위틈을 따라 흘러내리다 숨어 버리기를 반복한다. 언제부터 산자락 줄기마다 이리 자잘한 물길이 숨어 있었는지 모르겠다. 여러 번의 산행에도 보지 못한 풍경이 이제야 눈에 들어온다.

여기저기 눈이 닿는 곳마다 경쾌하게 봄노래를 부르듯 졸졸졸 흘러내린다. 아무래도 봄이 꿈틀거리고 있는가 보다. 일제히 기지개를 켜는 봄이 주변을 두리번거린다.

얼마쯤 올랐을까. 깊고 거친 호흡을 반복하며 등줄기가 축축해짐을 느낀다. 산등성이 능선을 몇 개쯤 넘어 제법 깊은 곳까지 들어섰다.

방향을 쉬이 가늠할 수 없는 곳에서 딱따구리의 야문 소리가 공명음으로 들려왔다. 새로 집을 짓는 것인지 짝을 부르는 소리인지 알 수가 없다. 먹이를 찾아 나무 기둥을 살피고 있는 것일까. 어쩌면 봄을 부르는 소리일지도 모르겠다.

　소리 나는 쪽으로 눈길을 옮겼다. 때마침 나무줄기를 타고 위쪽을 향해 사선으로 올라가는 딱따구리 한 마리를 발견했다.

　뾰족하게 긴 부리에 몸은 까맣다. 흰 무늬 머리에 배쪽이 선명하게 붉은 깃털을 품고 있는 모습이다.

　처음으로 가까이에서 보는 딱따구리가 신비롭기까지 했다. 나의 인기척으로 인해 딱따구리는 하던 일을 멈추고 소리 없이 자리를 떠나버렸다.

　살짝 민망한 마음이 들었지만, 한편으로 숲의 자리 한 모퉁이를 내게 내어준 것일지 모른다는 생각을 했다. 딱따구리가 떠난 자리를 한 번 더 올려다보았다.


　언뜻 보이는 푸른빛이 있다. 가까이 다가가서 들여다보았다. 눈에 들어오는 연둣빛 맑은 색이 낮고 가느다란 나뭇가지 끝마다 무수히 점을 찍어 놓은 듯 돋아 있다.

　엊그제까지도 보이지 않더니, 이틀 사이 밖으로 나선 연한 새싹은 봄을 향하여 무던히도 애쓴 나무의 흔적이리라.

머지않아 연분홍 진달래는 살그머니 고개를 내밀며 온 산을 황홀한 빛깔로 물들일 것이다. 좁다란 산길 따라 수줍은 얼굴로 숲길로 이어져 피어날 것이다.

남몰래 흔들던 겨울바람의 추위는 잊어버리고, 겨우내 추위를 이겨내고 피어난 꽃들의 꿋꿋함도 기억하지 않을 것 같다.

피어나는 꽃들도, 꽃을 바라보는 이들도 모두 자신만의 이야기를 지니고 있을 것 같다. 때로 그들의 이야기를 한 귀퉁이나마 나누어 들음으로써 나는 오늘 살아 있음을 느낀다.

오르막의 숨가쁨이 조금씩 여유로워질 무렵, 오솔길 옆에 서 있는 몇몇 나무 여기저기에 파여 있는 크고 작은 구멍들이 눈에 들어왔다. 아마도 딱따구리 부리가 수없이 닿았던 흔적이리라.

그들도 삶의 치열한 생존경쟁에 놓여 있기 때문이 아닐까. 문득 숲속의 나무들도 서로 다른 종種과의 경쟁에서 살아남기 위해 저들끼리 힘든 싸움을 한다는 해파랑길에서 만난 숲 해설가의 말이 떠올랐다.


하루가 다르게 코비드 질환의 감염자가 폭발적으로 치솟으면서 갈수록 상황이 어려워지고 있다. 사람들이 많이 모이는 곳을 우려하는 사람들의 목소리도 점점 높아가고 있다.

봄이 오는 길목도 막혀버리는 것은 아닌지 모르겠다. 계절은 봄을 향해 가까이 다다르고 있는데, 우리 마음은 봄을 보며 뒷걸음질을 치고 있는 듯하다.

겨울바람과 함께 우리에게 다가온 어려움을 반드시 가슴으로 안아야만 하는 것은 아니다.

돌아서면 등으로도 막을 수 있지 않을까. 이제 곧 바이러스는 등 뒤로 보내버리고 봄을 향해 걸어가야 할 것 같다.

아직 겨울잠에서 마저 깨어나지 못한 팔룡산 계곡 사이로 새싹의 봄바람이 불어온다.

# 꽃섬, 하화도

당직 근무를 마치고 돌아온 남편의 눈이 커졌다.
왜 아직도 누워 있느냐는 질문이 나오기 전, 나는
조금 천천히 가자며 돌아누웠다.

그러다 언제 그랬는가 싶게 몇 초도 지나지 않아 벌떡 일
어나 짐을 챙기기 시작했다. 누워서 지체하는 만큼 출발이
힘들어질 것 같은 생각이 들었다.

이틀째 숨이 넘어갈 듯한 심한 기침으로 밤잠을 설쳤다.
이른 아침 수학여행을 떠나는 딸아이를 학교까지 데려다주
고 돌아와 다시 누웠다. 그렇다고 잠이 오는 것도 아니었다.

남편과의 여행 짐을 꾸려야 하는데 선뜻 손이 가지 않는
다. 기침이 올라올 때마다 깨질 것 같은 두통에 머리를 움켜
쥐어야 했다.

초대하지 않은 감기 바이러스가 오랜만에 찾아와 지독하게도 내 몸속을 휘젓고 있다.

지금까지 함께 살면서 먼저 여행을 가자거나 준비를 해본 적이 없는 남편이다. 늘 바쁘고 일에 치이다 보니 거리나 일정에 상관없이 여행의 제안이나 준비는 항상 내 몫이었다.

어린아이들을 챙기는 일부터 계획을 세우는 일, 예약을 잡는 일과 일일이 짐을 챙기는 것조차도 모두 나의 일이었다. 먹거리나 입을 옷가지에 즐길 거리까지 하나하나 챙기다 보면 때로는 떠나기도 전에 지쳐버리기도 했다. 그러다 보니 여행을 떠나는 일이 가끔은 매우 힘들기도 했다.

그런데 오래 살고 볼 일이다. 결혼기념일이 지나고 나면 긁히던 바가지 소리가 올해는 미리 들리기라도 했던 걸까. 며칠 전 남편은 여행 제안을 하더니, 바로 숙소 예약까지 했다. 그리고 이박 삼일의 일정으로 계획을 세우고 밥집 검색도 끝냈다.

여수에 도착하여 하루를 보낸 후 이른 아침 첫 배를 타고 섬에 닿았다.

밤새도록 뒤척이다 새벽녘에 일어나 약에 취해 흔들거리는 나는 짐짝처럼 실려서 이동했다. 오늘은 섬을 한 바퀴 걸어서 돌아볼 것이라고 한다.

남편의 일정에 대한 설명이 내 귀에 제대로 들어올 리가 없다. 마스크로 얼굴의 절반쯤을 가리고, 푹 눌러 쓴 모자에 검은색 안경까지 썼었다. 거기에 심하게 쿨럭거리는 나의 모양새는 누가 보더라도 호감은 아닐 듯하다.

이런 모습으로 한 번도 들어 본 적이 없던 작은 섬을 꿈결처럼 만났다. '프랜시스 호지슨 버넷'의 『비밀의 화원』에 비유되는 섬, 소박하고 아름답지만 잘 알려지지 않은 작은 섬이다.


여수에서도 멀리 남쪽 끝자락에 있는 백야도 선착장에서 뱃길로 사오십 분을 달리면 닿을 수 있는 꽃섬, 하화도이다.

이순신 장군이 배를 타고 지나다가 지천으로 꽃이 뒤덮인 섬을 보고 '꽃섬'이라고 말한 것이 이 섬의 이름이 되었다고 한다.

꽃섬의 첫인상은 청량함이었다. 때 묻지 않은 신선함이 가슴을 시원하게 열어주었다. 마을은 작고 조용했다. 여느 시골 섬마을과 다르지 않은 평온함이 먼저 다가와 인사를 건넸다.

바다를 벗하여 걷다 보니 꽃밭 사이로 만나는 야영장은 잘 정돈된 모습이다. 그곳을 지나 작은 산길로 접어들었다.

남편은 오르막길이 덜 힘들도록 잠깐씩 멈춰 서서 쉴 수 있는 여유와 공간을 마련해주었다. 높은 곳에서 바다를 내려다보며 걸을 수 있는 숲길과 산책길이 어우러져 펼쳐진다.

첫 번째로 만나는 막산전망대에서의 경치는 온몸을 전율케 했다. 가파른 해안 절벽이 견뎌온 세월의 흔적을 말해주는 것 같다.

맑고 푸른 바다의 빛깔에 한동안 할 말을 잃고 정지 화면처럼 서 있었다. 절벽과 절벽을 이어 협곡을 건널 수 있게 만든 출렁다리는 하늘과 바다의 경계선이 된 듯 아찔하다.

아래로는 잡힐 듯 보이는 장구도와 상화도가 뱃길을 안내하는 듯 이정표처럼 앉아 있다. 깊은 호흡이 폐부 깊숙한 곳까지 맑은 공기를 전달하는 느낌이다.

꽃섬 다리를 아슬아슬하게 건너 정상에 오른 후 능선을 따라 바다와 함께 걷는다. 섬의 중간쯤 다다랐을까. 바다의 경치가 품 안 가득 들어오는 언덕배기에서 걸음을 멈추어 섰다.

너른 노랑 유채꽃밭 사이에 앉아 있는 빨간 피아노 한 대가 눈에 들어온다. 살그머니 다가가 소리가 나지 않는 건반을 두드려 보았다. 소리가 나지 않는 나만의 바다 교향곡 연주를 만족스럽게 끝냈다.

피아노 앞에 앉은 남편의 뒷모습은 유명한 피아니스트 못지않다. 하지만 그는 자신의 뒷모습을 볼 수가 없다.

가을에는 유채꽃을 대신해 코스모스 가족이 입주할 것이라고 하니, 아름다운 상상까지 덤으로 받아 쟁여둔다.

작은 섬 꽃섬을 한 바퀴를 돌아보는 곳곳에는 전망대가 유독 많다. 그것은 그만큼 빼어난 풍광을 조망할 곳이 많다는 이야기가 아닐까.

길 따라 이어지는 깻넘전망대, 큰산전망대, 순넘밭넘구절초공원전망대, 시짓골전망대 그리고 낭끝전망대. 쉬엄쉬엄 인생길을 걸어온 듯 남편과 함께 걸어가는 꽃섬길이다.

사시사철 철쭉과 유채꽃, 동백꽃과 온갖 야생화가 함께 피고 지는 꽃섬이라고 한다. 하지만 지금은 봄꽃이 지고 있고, 여름꽃은 아직 이른 탓인지 많은 꽃을 보지는 못했다. 늦바람 든 동백꽃이 한둘 바닥에 허물어지듯 누워 있고, 유채꽃은 듬성듬성 노란빛을 머금고 있다.

길 따라 성미 급한 구절초 꽃잎 몇 장이 때를 잃고 피어나 바람에 하늘거린다. 이름을 알 수 없는 꽃들이 자신의 이름을 불러주라는 듯 저들끼리 어우러져 웃음소리를 흘려 보냈다.

감기로 인해 힘든 상황이었지만 남편이 처음으로 준비한 여행이었기에 마다하지 못하고 나선 여행길이었다. 그러나 길 위에서 만난 꽃섬은 남편과 함께 걷는 아름다운 꽃길을 선물해주었다. 함께 걸어온 삶을 한 번쯤 뒤돌아볼 수 있는 시간이었다.

그동안 살아오면서 힘들고 아픈 기억들은 모두 바다에 던져버리려 한다. 우리의 지나온 길과 남은 길을 걷고 돌아 다시 만나듯,

밀려왔다 밀려가는 파도 위에 떨어지는 햇빛처럼 항상 함께 묵묵히 걸어가는 삶이 되기를 주문해본다.

꽃길만 걷고 싶다고 그럴 수 있는 우리네 삶이 아니듯, 꽃길이려니 생각하며 꽃 보듯 걷는 꽃섬길. 그 섬에 곧 여름꽃과 가을꽃이 온통 섬을 뒤덮을 것이리라.

그때에 또 누군가가 우리의 발자국을 따라 아름다운 추억을 놓아두고 갈 것이기에 우리는 살그머니 인사도 없이 바다를 건넌다. 맑고 고운 꽃섬, 하화도를 미소로 떠난다.

# 여 행 을  열 다

일상이 답답하다고 느껴질 때가 있다. 그럴 때면 어디론가 훌쩍 떠나고 싶다는 생각이 든다.

그 즈음 서로 시간을 맞추고 짧은 일정을 고려해서 여행 장소를 정했다. 왕복 항공권과 숙소 예약 그리고 한 권의 여행 책자를 준비해 둔 것이 고작이었다.

가까운 거리라고 생각해 부담 없는 마음으로 떠날 수 있었다. 군 복무와 학업으로 오랜 시간을 타지에 머물다 잠시 집으로 돌아온 작은아들과 동행할 수 있어 더욱 의미가 있을 것 같다.

여행은 현재의 나로부터 격리되어 볼 수 있는 여유로운 시간이다. 흔히 또 다른 '나'를 찾기 위해 여행을 떠난다고 하지만, 또 다른 '나'가 더 이상 반갑지 않을 때도 있다.

전혀 다른 공간과 환경에 잠시나마 있고 싶은 마음이 든다. 어떤 상황에도 얽매이지 않고, 지금의 자리에서 몸만 빠져나와 맘껏 자유로움을 누리고 싶다. 지금의 나와 연결된 수많은 끈을 잠시 풀어 놓아도 좋을 것이다.

사람과 시간과 일에 떠밀려 다니는 것에서 등 돌릴 수 있는 넉넉함을 느끼고 싶다. 어디론가 떠나는 것이 홀가분한 것은 돌아올 곳이 있기 때문이다. '나'가 가지고 있는 제자리가 변함없이 나를 기다리고 있다는 것을 믿기에 우리는 주저 없이 길을 나선다.


출발하기 이틀 전부터 타지에 있는 딸아이가 걱정이다. 며칠째 심한 두통을 호소해 왔다. 미열에 속도 불편하여 전날부터는 계속 굶었다고 한다.

이쯤 되니 딸을 두고 여행을 가야 할지 고민이 밀려왔다. 일단 아이를 보고 와야 할 것 같아 저녁 무렵 약과 죽을 싸 들고 차로 왕복 세 시간 거리의 길을 나섰다. 아이는 삼 일째 야간자율학습도 않고 불 꺼진 기숙사에서 혼자 이불을 쓰고 누워 있었다고 한다.

그런 상태의 딸에게 여행을 간다는 말은 차마 하지 못했다. 집으로 돌아와 짐을 꾸리기 시작했다. 세 시간쯤 자고 일어나 마무리 짐을 꾸리고 공항으로 향했다. 이미 정해놓은 항공권과 숙소를 취소하지 못해 의무처럼 떠나는 기분을 안고 트랩에 올랐다. 흔들거리며 이륙하는 비행기 안에서 폰을 꺼버리는 것으로 정확하게 현실을 접었다고 믿었다.

공항에 도착하여 휴대전화를 켜자 여러 통의 문자가 정신없이 울려댄다. 와이파이를 연결하고 문자들을 확인하니 이미 황당한 일이 벌어진 뒤였다.

'안녕하세요. 관리사무소입니다. 세대 내 비상 침입 경보가 작동하여 경비실에서 출동했으나 안에서 아무런 응답이 없어 파출소에 신고 조치하였으니 필히 세대 확인을 해 보시기를 바랍니다.' 라는 내용이다.

경찰은 타지에 있는 큰아들에게 연락했고, 곁에 있는 남편 폰에는 직장 동료로부터 경찰에게 연락이 왔었다는 문자가 들어왔다.

학교에서 수업 중인 딸아이에게 현관 비밀번호를 알아낸 모양이다. 홈넷 외출 기능의 오작동이었다. 전에도 한 번 겪었던 경험이 있기에 별일은 없을 것으로 생각했다.

기계의 오작동은 순간 여러 사람을 혼란에 빠트렸다. 누군가 알지도 못하는 사람들이 아무도 없는 집에 들어와 내 집의 이곳저곳을 살폈을 생각을 하니 난감하기까지 했다.

본의 아니게 이웃들에게 번거로움을 주지는 않았을까. 별일도 아닌 것으로 인해 여러 사람을 힘들게 하지는 않았는지. 그러한 생각들이 꼬리를 물고 밀려들었다.

며칠 여행 좀 다녀오겠다는 것뿐인데 자꾸만 무엇엔가 걸리는 기분이다. 매번 느끼는 것이지만 챙겨서 가지고 가면 필요 없고, 빼놓고 가면 필요한 경우가 생기는 것이 여행 짐인 듯싶다.

놓고 왔어야 할 삶의 짐 하나가 기어코 따라온 모양이다. 잠시나마 현실과의 이별을 원했지만 실 끈처럼 연결되어 따라다니는 것들을 모른 척 밀쳐두고 여행에 몰두하고 싶다.

원하지 않는다 해도 언젠가는 세상의 모든 인연을 완전히 끊어버리고 홀연히 떠나야 할 때가 올 것이다.

그리고 보면 우리네 삶은 늘 여행의 순간순간을 이어가고 있는 것인지도 모른다. 어제처럼 주어진 일상의 삶을 당연히 찾아오는 오늘로 여기며 살고 있지는 않은지 돌아보아야겠다.

'사람은 태어남과 동시에 죽음을 향해 가는 존재'라고 한다. 그렇기에 이 세상의 여행이 끝나 모든 것과의 이별이 느닷없이 다가와도 내가 머물던 자리가 부끄럽지 않도록 살아야겠다.

하지만 항상 떠날 준비를 하며 산다는 것이 쉬운 일은 아닐 것이다. 어느 것 하나 가지고 떠날 수 없는 삶이기에 소중히 여기는 것들도 잘라내는 연습을 해야 할 것 같다. 누군가에게 짐으로 남겨지는 일이 없도록 둘러보면서.

그리 무겁지 않은 짐을 찾아 12월 중순의 타이베이 공항 게이트를 나선다.

# 사 랑 의 고 백 혹 은 붉 은 그 리 움

**페**리를 타고 타이베이 단수이 강을 따라 바다로 나섰다. 오고 가는 배들은 하얀 꼬리를 흔들며 바다로 나아간다. 물결을 가르며 물보라를 일으키는 꼬리마다 추억의 작은 리본을 매어둔다.

일몰이 아름답기로 유명한 워런마터우의 '연인의 다리'에는 정인교情人橋라고 새겨져 있다. 아름답고 황홀한 석양을 배경으로 사랑 고백을 하는데 더없이 좋은 장소이기에 붙여진 이름이다.

아직 일몰까지는 30여 분의 시간이 남아 있다. 먼저 온 여행객들은 일찌감치 사진 찍기 좋은 자리에 삼각대를 펼쳐두고 일몰을 기다린다.

저무는 태양을 바라보는 이들은 눈빛마저 고정된 듯하다.

모여드는 연인들과 여행객들은 다리 난간에 기대어 나름대로 포즈를 취하느라 분주하다. 오늘은 어떠한 사랑의 고백들이 스며드는 노을 위에 덧입혀 잠들어갈까.

지는 태양이 만들어내는 황홀한 감동을 기다리며 먼 곳을 찾아왔는데, 석양은 사람들을 기다려 본 적이 있을까. 다리 위에서 바라보는 노을은 이미 하늘과 바다를 같은 빛깔로 섞어버렸다.

오래 전 다른 곳에서 바라보았던 태양과 지금 이곳에서 바라보는 태양은 같다. 그러나 이들이 뿌려놓는 석양의 모습이 제각기 다른 감동과 느낌으로 다가오는 것은 오직 해가 지는 배경을 다르게 담고 있기 때문이리라.

해는 마지막 남은 제 몸을 불사르며 바다 위에 엎드리고, 바닷속으로 잠들지 못한 태양은 구름이 덮어 버렸다.

이곳은 얼마나 많은 연인의 사랑 고백을 먹었기에 이토록 붉은 빛을 토해내며 물들었을까. 노을의 그림자로 숨어버린 후에도 기나긴 방파제 위에 오래도록 걸터앉아, 한 폭의 그림으로 남아 있을 연인들이 더없이 정겹다. 잠시나마 그들의 삶이 이러한 빛깔들로 오래도록 아름답게 이어지길 바라본다.


석양을 등지고 앞서 걷는 남편의 어깨 위로 내 아버지가 지고 가셨을 무게의 짐들이 노을처럼 내려앉아 있다. 될 수 있는 한 무거운 것은 자기 가방 안에 넣고 떠나온 남편이다. 당신의 가족들을 짊어지고 숙명처럼 살아냈을 내 아버지의 고단한 삶이 그림자처럼 따라온 모양이다.

무거워 보이는 가방 안의 짐들이 남편의 어깨 위에서 자꾸만 말을 걸어온다. 그의 삶도 때로는 힘들고 두려움이 있었을 것인데, 늘 나의 힘듦만을 말해왔던 것은 아니었을까. 젊은 시절에는 앞모습이 보이더니 나이가 들어감에 따라 자꾸 뒷모습이 눈에 들어온다.

해가 지고 어스름히 비치는 빛 속에서 자아내는 아름다움에 우리는 한없이 숙연해진다. 해 질 녘 황혼이다.

인생의 황혼기, 무던히 살아온 우리의 세월이 곧 황혼으로 다가올 것을 수긍하며 한 발쯤 뒤에서 따라 걷는다.

해의 황혼이 아름다운 노을빛으로 물들며 사라져 가듯 내 삶의 노을빛도 소박하게나마 아름다울 수 있기를 소망한다.

우리의 살아낸 삶 속에서 번져나는 아름다움이 진한 여운으로 남겨지길 바라본다. 오래도록 노을을 서로 마주 볼 수 있기를 소리 없이 빌어본다.


나란히 걸어가는 아들의 어깨 위에도 같은 무게의 짐들이 사박사박 내려앉을 것이다. 너의 할아버지가 그랬듯이, 너의 아버지가 그랬듯이. 발이 부르트는 불편함을 안고서라도 꽃길 마다하고 자갈길을 택할 줄 아는 혜안이 너에게 있기를 기도한다.

'아들아, 네 여행의 짐이야 조금이나마 덜어내 줄 수 있다지만 이제는 네게 맡겨질 삶의 짐이 오롯이 너의 몫인 것을 알아가겠지. 어떠한 모습으로 너의 어깨 위에 내려앉을 짐인지 걱정 없이 기대해 보련다. 때로는 힘들어도 행복하고 즐거운 마음으로 가벼이 지고 가길 기대해 본다. 때로는 삶에 지쳐 너를 향하는 마음이 조금은 식었다고 느꼈을지라도, 너를 사랑하는 내 마음은 여전히 변함이 없다라는 것을.'

마음속으로 불러낸 이 작은 고백을 나는 워런마터우의 노을 뒤에 슬그머니 묻어두었다.

남편과 아들의 등에 걸린 가방을 번갈아 바라보다 소리 없이 다가가 남편의 가방에 꽂힌 물병을 꺼내 한 모금씩 들이켰다. 아마도 내가 마셔버린 물의 무게만큼은 짐이 가벼워졌으리라.

내일을 위해 번져오는 아름다운 밤이 우리를 그곳에서 밀어내고 있다. 저물어 가는 노을에 밀려나며 소리 없이 또 다른 석양을 불러내 본다. 수도 없이 붉은 노을을 품고 이어왔을 골고다 언덕의 태양은, 오래 전 영문 밖의 노을을 어떤 빛깔로 물들이며 저물게 했을까.

붉은 그리움을 만나러 언젠가 다시 떠나 보아야겠다.

# 타이베이, 네 개의 풍경

〈타이베이를 열다〉

한 번도 창을 닫지 못한 여름과 한 번도 창을 열지 못한 계절 사이에 상쾌한 바람이 불고 있다.

땅과 하늘과 그 하늘의 하늘을 오르내리며 바라보는 바다를 건너 땅 위로 내려앉았다. 햇살을 거슬러 온 비행기의 날개 아래 구름은 머물다 사라져갔다.

타이베이의 하늘은 밝고 맑았다. 십여 년 전쯤의 우리나라와 비슷한 모습이다. 첫 느낌은 편안했다. 공항 복도를 따라 나오며 먼저 눈에 들어오는 것은 한국 영화배우들의 얼굴이 있는 포스터이다. 한류라는 것이 실감난다.

어젯밤을 하얗게 밝힌 남편은 졸음과 피로를 매달고 흔들리며 걷는데, 옆에 있는 아들은 길 찾기에 분주하다.

공항철도를 타고 타이베이 중앙역으로 향했다. 우리나라 지하철에 비해 손색이 없을 정도로 깨끗했다. 노선이 단순하니 편리한 점도 있다. 도착한 역에서 10여 분을 걸어 호텔에 짐을 풀고 다시 거리로 나섰다.

타이베이의 명동이라는 '시먼딩'까지는 지하철로 한 구간 거리에 있다. 우리는 지하철을 타는 것보다 걷는 것을 택했다. 지나치는 곳에서 만난 시장들은 밤이 되면서 북적이는 야시장으로 변하나 보다. 길가 상점의 유리문에 적힌 '진정 육즙이 살아 있는 패티를 느껴보고 싶다면 꼭 오세요. 그대가 너무 버거 싶어요.'라는 글이 눈에 들어왔다.

한글로 쓰인 햄버거 가게 광고 문구에 웃음을 터트리며 몇 발짝 먼저 걷던 남편과 아들을 불러 세웠다. 한국인이나 유학생이 아니면 쓸 수 없는 표현일 것 같다.

지나는 길의 뜻밖에 만난 역사 거리는 청나라 시대의 모습과 일본 식민지 시대의 건물이 잘 보존되어 있다. 마치 영화의 세트장과도 같은 분위기가 묻어난다. 같은 일본의 식민지였지만 우리나라와는 다른 그들의 감성을 느껴 볼 수 있었다. 설명해 놓은 글들이 중국어뿐인 것이 못내 아쉽다.

조금은 많이 걸었다 싶을 즈음 도착한 곳은 토속신을 복합적으로 모시고 있다는 '용산사'라는 사원이었다. 무슨 의식이 있는

지 중앙 마당 같은 곳에는 많은 사람이 모여서 제사를 지내는 것 같았다.

가장자리를 빙 둘러서 만들어 놓은 방마다 여러 신이 제각기 자리를 잡고 있다. 사람들은 접시 모양의 그릇에 꽃을 담아 자신이 원하는 신당에 헌화하며 기도한다.

그들의 종교에 대해 아는 바는 없지만 무언가 엄숙히 기원하는 그들의 소원이 이루어졌으면 좋겠다고 생각했다.

대부분 절이 산속에 자리하고 있는 우리나라와는 달리 이곳은 거리에 사원들이 많이 있다. 이들의 신은 사람들과 더욱 가까이 있기를 원하는 것일까.

가장 오래된 영화관 건물로 지금은 작은 쇼핑몰 정도의 기능을 하고 있다는 '훙러우' 건물을 둘러보았다. 붉은색 건물이 인상적이었다.


검색한 맛집을 찾아가 번호표를 받아드니 30분 이상 더 기다려야만 입장이 가능할 것 같았다. 행여나 지나는 사람들에게 피해가 되지 않도록 벽에 붙은 채 털썩 주저앉았는데, 아들은 끝까지 대한의 아들로서 품위를 지키며 서 있다. 남편은 그 틈에도 가끔 허리를 비틀며 독서 삼매경이다.

자리를 잡고 한참을 기다렸지만 메인요리가 나오지 않아 독촉

하니, 직원이 주문을 잊은 모양이다. 음식이야 아무려면 내 나라에서 먹는 맛만 할까. 시장이 반찬이니 배불리 먹음에 만족하며 음식점을 나서 '타이베이101 전망대'로 갔다.

초고속 엘리베이터에 오르자 35초 만에 89층 전망대에 도착했다. 문이 열리자 순간 하늘의 수많은 별이 몽땅 땅으로 쏟아져 내린 듯했다. 불빛으로 반짝이는 도시의 야경을 바라보며 그 위에 서 있음을 실감한다.

유리창 밖으로 반사되어 다시 비추는 빌딩 숲은 수채화처럼 번졌다. 이곳에 우리나라 '삼성'의 기술도 보태어 있다는 것은 소리 없는 내면의 뿌듯함이다.

두 개의 층을 더 올랐다. 날씨가 좋은 날만 열린다는 야외 전망대의 창살 사이로 타이베이 시내의 전경이 파노라마처럼 펼쳐진다.

시원한 바람은 발밑으로 소리를 내며 스치고 지나갔다. 높은 곳에서 아래를 내려다본다는 것은 내가 손잡아 주어야 할 누군가가 있기 때문일지 모른다는 생각이 들었다.

계단을 타고 내려오니 빌딩의 중심을 잡아주어 지진에도 안전할 수 있도록 균형을 유지하는 커다랗고 노란 돔형의 추가 있었다. 한 무리의 여행객들 사이에서 열심히 설명하고 있는 가이드의 이야기를 엿들은 소득이다.

전망대를 끝으로 지친 하루를 접으며 숙소로 향한다. 얼굴 셋이 하얗게 핼러윈의 호박귀신처럼 누웠다. 평상시 기초 화장품조차 얼굴에 바르지 않는 남편이 오늘은 군소리 없이 마스크팩을 붙이고 잠이 들었다.

하루를 접고 피곤함에 곯아떨어진 코골이 소리는 여권도 없이 슬그머니 비행기에 묻어서 왔나 보다. 리듬은 매우 탄력적이다.


〈타이베이를 맛보다〉

둘째 날이 우리를 흔들어 깨웠다.

떠나면 걷고 싶다. 교통비 저렴한 이곳에서 왜 이리도 걷고 또 걷는지. 이미 발가락 사이에 물집이 잡히고 있음에도 숙명처럼 절룩이며 어제처럼 다시 걷는다. 아무래도 운동화를 잘못 신고 온 모양이다.

언제부터인가 여행을 떠나면 지하철 두세 구간 정도는 걷는 것이 당연한 일처럼 되었다. 되도록 많은 것들을 접하며 보고 느끼는 일에 있어 걷는 것만한 것이 있을까.

집 떠나면 고생인 것은 당연한 일이다. 고생을 주고라도 얻고 싶은 것이 있으니 기대감과 호기심과 함께 즐거운 마음으로 걷고 또 걷는다.

타이베이 메인 역에서 지하철을 타고 40여 분을 지나 단수이 역에 내려서 걷기 시작했다. 이른 시간 때문인지 문을 열지 않은 상점들이 늘어선 라오제 거리를 지나쳐갔다. 어느 거리쯤 모퉁이 건물에 커다란 무지개 색깔의 신발이 걸려 있다. 독특한 외관의 3층 건물을 사진에 담고도 자꾸만 돌아보았다.

세월을 넘나들게 하는 듯 덜 깨끗해 보이는 재래시장에는 많은 현지인으로 북적거렸다. 일찍 문을 닫는다는 민낯 같은 시장을 지나며 그들의 삶을 가까이에서 볼 수 있었다.

단수이 해변을 따라 잠시 걸어보는 여유를 갖는다. 낚싯대를 드리우고 세월을 낚는 누군가의 미소까지 더하니, 우리의 삶과 여행은 함께 행복의 조각들을 맞추어 가는 과정처럼 느껴진다.

이곳은 〈말할 수 없는 비밀〉의 감독이자 주연인 주걸륜周杰倫이 자란 곳이다. 영화의 배경이 된 진리대학교, 담강고등학교를 지나 옛 영국영사관으로 사용되었던 홍마우청을 역사의 페이지를 넘기듯 돌아보았다.

곳곳의 붉은 벽돌의 건물들이 오래된 세월의 무게를 무겁지 않게 전해오니 왠지 친근하다. 그들의 역사를 맛보며 우리의 역사를 바로 알기 위해서라도 중국과 일본의 역사를 함께 알아야 한다는 것을 느끼게 된다.

남편과 아들은 모든 역사 지식을 동원하며 열띤 토론을 진행 중이다. '역사에 박식한 큰아들이 같이 왔으면 좋았을 것' 하는 아쉬움이 들었다.

우리네 분식집과 비슷한 곳에서 주걸륜이 자주 먹었다는 메뉴로 점심을 먹었지만 그와의 공통점은 느끼지 못했다.

바다 건너편에 보이는 작은 마을 '빠리'는 페리를 타고 이동했다. 그곳은 많은 사람이 휴양지로 즐겨 찾는다고 한다.

선착장 정면에 보이는 빠리의 라오제는 아담하고 앙증맞았다. 소박하고 단순한 이곳의 동떨어져 있는 평화로움이 여행객들을 불러 모으고 있는 것 같다.

4인용 전기자전거의 조수석에 앉은 남편은 '백 시트 드라이버'의 역할에 전념이다. 아들은 묵묵히 운전석을 지키고 앉았다. 뒷좌석의 나는 자전거를 타고 달리며 시원하게 흩어지는 바람들과 악수하는 여유와 즐거움을 누렸다.

해안가에 줄지어 늘어선 맹그로브의 초록이 12월을 무색하게 한다. 가끔 들리는 타국에서의 우리말이 생소하지도 반갑지도 않은 것이 오히려 신기하다.

바닷가에서 뒤돌아 바라보는 단수이 거리에는 우리가 찍어 놓은 발자국들이 저들만의 축제를 벌이고 있을 것이다.

빠리를 떠나 다시 페리를 타고 단수이 강을 따라 바다로 나섰다. 워런마터우의 연인의 다리에서 바라본 석양은 두고두고 아름다운 삶의 배경으로 남겨두어야겠다.

버스와 지하철을 갈아타며 스린 야시장으로 갔다. 역에 내려 많은 사람이 몰려가는 곳으로 따라갔다. 어디서 그 많은 사람이 어둠을 타고 모여들었는지, 길목마다 사람들에게 밀려다녔다. 마치 사람들의 뒷모습이 떠다니는 것 같다.

현지인과 여행객들은 서로 뒤섞여 시장의 풍경이 되었다. 우리도 그 속의 일부가 되어버렸다.

보통 서민들의 삶을 만나보기에 시장은 가장 좋은 곳이다. 누구보다도 치열하게 삶을 살아가는 사람들의 모습을 엿볼 수 있는 곳이기도 하다.

시장 깊숙이 스며들어 길거리 음식을 맛보며 북적임 속에 살아 있음을 즐겨본다. 삶을 사랑해야 하는 이유도 헤아려 보게 된다. 잊고 있었던 것들 끝에는 감사함이 묻어왔다.

또 하루를 책갈피 끼우듯 접는다.


〈타이베이를 엿보다〉

셋째 날 아침 숙소를 나서기 전 발가락 사이마다 일회용 반창고가 훈장처럼 붙었다. 가지고 온 것이 모자라 남편은 안내 데스크에서 두 개를 더 받아다 주었다.

여행 중 눈에 띄면 샌들이라도 사야겠다고 생각했지만, 일부러 사러 다니기에는 시간이 아까웠다. 그럭저럭 다니다 보니 벌써 여행이 끝나간다.

대만국립고궁박물관으로 향했다. 그들이 말하는 대륙의 스케일이다. 우리나라 삼분의 일 정도의 면적과 절반 정도의 인구로 살아가는 이들은 어떻게 커다란 규모의 건물을 만들 수 있었을까. 어쩌면 중국 본토까지 하나의 영토라고 생각하는지 모르겠다.

세계적인 규모를 자랑한다는 박물관 안으로 들어가자 사람들로 붐볐다. 물품보관함에 짐을 보관한 후 한국어 오디오를 빌려 3층부터 돌아보기 시작했다.

어느 부분에서는 우리나라와 같은 문화권인 것을 느낄 수 있다. 남편은 우리나라의 유물들과 비교하며 우리 것의 훌륭함을 설명하는 것을 보니 영락없는 애국자다. 그러나 그들의 역사도 오래도록 이어 온 그들의 자랑거리이리라.

박물관이나 미술관 등에서 갖는 시간은 짧게 느껴진다. 그래서 항상 아쉬움이 남는다. 볼 것은 많고 더딘 느낌과 감동은 체증을 앓게 한다. 더구나 언어가 다른 곳에서는 미처 알지 못하는 것들에 대한 갈증까지 더해지면서 한국인 가이드가 아쉬워진다.

한나절의 시간이 인사도 없이 달아났다.

박물관 관람을 마치고 점심을 먹기 위해 맛집이 즐비하다는 용강제로 갔다. 뉴욕타임스가 선정한 10대 맛집이라는 '딘타이펑'

역시 기다리는 사람들로 북적거렸다.

이 나라에서의 식사는 여유와 기다림을 필요로 한다. 우리네의 '빨리빨리'는 잠시 밀쳐두어야겠다. 아들은 맛이 좋다며 추가 주문까지 해서 먹었으니, 충분히 황제의 식사가 부럽지 않은 점심이었다.

뒷자리에 단체 손님으로 온 한국인들의 대화 소리가 조금만 더 작았더라면 하는 아쉬움을 테이블 위에 얹어 두고 그곳을 나왔다. 그리고 대만의 초대 총통 장제스를 기념하는 '국립 중정기념관'으로 걸음을 재촉했다.

기념관으로 가는 길에 여행안내 책자에서 보았던 '코코밀크티' 가게를 만났다. 우리나라에 비해 양은 많고 값은 싸다. 입안으로 빨려 들어오는 젤리는 독특한 맛이다. 든든한 배에 후식까지 즐기며 중정기념관 정문에 도착하니 드넓은 광장과 정원이 펼쳐진다.

중앙 높은 계단 위에 웅장한 자태의 기념관이 우뚝 서 있다. 89개의 계단은 장제스가 서거한 당시의 나이라고 하니 의미가 새롭다. 대만의 역사와 국민 정서를 이해할 수 있는 곳이다.

아래층에는 장제스가 사용했던 집무실의 모습을 그대로 옮겨 놓은 듯했다. 그의 삶을 들여다볼 수 있는 전시실들도 천천히 둘러볼 수 있었다.

그는 우리나라를 방문한 적이 있었고, 박정희 대통령은 이곳을 방문한 후 '경제개발 5개년 계획'을 실행하였을 정도로 영향을 받았다고 한다. 역사는 늘 흥미롭다. 또한 많은 아픔이 배어있음을 알기에 역사를 논하는 것은 언제나 조심스럽다.

엘리베이터 앞에 길게 줄을 선 많은 사람을 피해 곧장 계단으로 향했다. 아무런 정보도 없이, 기다리기 싫어 계단으로 올라갔는데 때마침 근위병 교대식이 진행되고 있었다.

많은 사람들이 근위병 교대식을 구경하기 위해 까치발을 힘껏 들고 목을 길게 빼면서 구경하고 있다. 로봇 같은 동작은 한 사람이 움직이는 것 같다. 오랜 시간을 들여 연습했을 것이라는 생각이 든다.

아들은 군대 시절이 생각나는지 바로 군대 이야기를 풀어낸다. 우리나라 남자에게 군대란 고향 같은 의미가 되는 것 같다. 장교 출신 아빠와 사병 출신 아들이 군대라는 과거로 돌아가 추억을 공유한다. 내 나라도 아닌 곳에서.

〈새벽을 날다〉

우리나라에서는 자주 들을 수 없는 캐럴이 타이베이 곳곳에서는 익숙하게 들려온다. 중국이 크리스마스캐럴이나 트리를 금지한다는 뉴스를 보았다. 중국이야 개인적인 종교를 금지하는 공산국가이니 그렇다고 이해를 한다.

그런데 우리나라 역시 언제부터인가 12월이 되어도 성탄트리를 보거나 캐럴을 듣는 것이 예전처럼 쉽지 않다. 저작권 문제와 함께 경기가 어려워졌기 때문이라니 더욱 씁쓸하다.

계획의 시간은 모두 닳아지고, 우리의 가슴들은 함께 공유할 수 있는 이야기로 가득 채워졌다. 바쁜 일정에 포기하고 돌아서야 했던 장소들은 기약 없는 다음으로 미뤄둔다.

오랜 시간을 돌아 내 곁에 잠시 머물러 온 아들에게 조금이나마 휴식과 위안의 시간이 되었기를 소망한다. 잠시 떠나온 짧은 시간이 그의 삶 속에 밀려나지 않을 소중한 기억의 한 페이지로 남겨지길 바라본다.

이 도시가 내게 베풀어 준 추억의 시간을 조심스레 갈무리한다. 익어가는 어둠 속, 높이 날아오르는 새벽의 하늘 아래로 내 나라의 반가움이 짙게 깔리고 있다.

# 제4부.

# 삶 – 인생

인간의 일생은 생명의 탄생으로부터 시작되어
그 지난한 시간과 역사를 거치며
하나의 거대한 세계관을 형성하는 것으로 마무리된다.
사랑을 나눠주는 법과 사랑을 받아들이는 법을 배우는 게
인생에서 가장 중요하다.
이것은 오직 살아있을 때만 가능한 것이다.

# 꽃들의 뒤풀이 - 향수

축제는 끝나 있었다. 막을 내린 '낙동강 유채축제'의 무대 뒤편은 고요했다. 한바탕 비라도 쏟아질 듯 하늘은 잿빛이다.

나른한 오후의 한가함을 졸음으로 끄덕거리는 상인들은 강을 품은 풍경 밖에 앉아 있다. 축제의 뒷자락을 놓지 못하는 사람들과 그들을 놓지 못하는 꽃밭만이 흐르는 낙동강 강물을 끼고서 품바처럼 흔들린다.

강물 위로 제방을 쌓아 올리는 포클레인은 혼잣소리를 웅얼거리며 유채정원 아래에서 꿈틀거린다. 그 커다란 기계음의 울림을 잠재우기라도 하듯 나지막이 흐르는 강물 소리가 꽃들을 틔워낸다.

강물의 속삭임을 밀어로 받아들인 노란 꽃들이 춤을 춘

다. 꽃밭 사이 돌아가는 바람개비와 함께 유채밭은 황금 물결처럼 출렁거린다. 유채 뜨락 가장자리에는 꽃잎이 모두 사라진 튤립의 꽃대만이 당당하게 서 있다.

깔깔거리던 여인들의 행복한 웃음소리와 은밀하게 주고받던 연인들의 고운 눈빛은 꽃밭 아래 노을빛으로 스며들면 좋겠다. 강변을 홀로 걷는 사람의 발자국을 물결은 숨죽이며 바라보고 있다.

그 뒤를 서성이며 가로수가 따라서 간다. 꽃길 위로 떠다니는 어느 노부부의 잡은 두 손이 오래도록 이어지기를 빌어본다. 진노랑 유채화원의 회색빛 기억 속에서 가물거리는 영상 하나를 불러내 본다.


나이가 들어가며 고향을 그리워하는 것은 당연한 일인지도 모른다. 무심천은 충북 청주 시가지를 남북으로 흐르는 도시 하천이다. 어린 시절 내가 살던 청주 가까이에는  커다란 강이나 바다가 없었다. 오직 무심천이 유일한 강이고 바다였다.

여름 소낙비가 한바탕 지나고 나면 불어난 하천 가장자리로 몰려나온 아이들은 미꾸라지 잡이에 시간 가는 줄 몰랐다.

겨울 한파 속에서는 언 손을 호호 불며 떠다니는 얼음 배를 타고 놀았다. 혹여 물에 빠져 옷이라도 젖으면 마른나무 잔가지들을 주워 모아 불을 지폈다. 모닥불에 양말이라도 태우는 날은 엄마의 잔소리를 피하기 어려웠다.

고향을 떠난 지 오랜 시간이 흘렀으니 지금의 모습은 많이 변했을 것이다. 빛바랜 기억들은 고스란히 남겨진 내 삶의 그림자이다. 힘들 때나 즐거울 때마다 나를 불러내던 무심천 둑길은, 낙동강의 둑길과 겹쳐서 내 시야에 어른거린다.

낙동강 강변에 앉아서 무심천의 그리움을 알알이 불러낸다. 나의 고향을 이곳에서 가슴 시리게 건져 올리고 있다. 눈앞의 낙동강은 과거와 현재를 그리고 추억과 현실을 공유한다.

낙동강은 바람과 함께 춤추는 꽃잎들을 까마득히 멀리까지 펼쳐 놓았다. 세상이 너무도 많이 변해 이제 흑백사진으로만 볼 수 있는 옛날의 추억을 요즘 일인 듯 새롭게 만나기는 어렵다.

창녕 남지 철교 위에는 오래 묵은 사진들이 깃발처럼 펄럭인다. 철교에 밀린 나룻배는 사진 속에서만 노를 젓는다. 낙동강을 바라보며 트럼펫 불던 소년은 지금 어디에서 늙어가고 있을까.

철교 건너편에는 암석 같은 작은 산이 그림처럼 놓여 있다. 산의 중턱에는 샛길이 흐르고, 깎아지른 절벽은 연둣빛 나뭇잎들을 가득 품은 채 더없이 여유롭다. 사람들의 발길이 이어지지 않는 작은 언덕은 여전히 오래도록 강물을 내려다볼 것이다.

노란 벌판 사이에 우뚝 솟은 한 그루 나무는 허수아비도 되었다가 때로는 밤을 지키는 초병도 되어 본다. 꽃들이 하르르 떨어져 내리는 날, 마지막 인사말을 건네주는 호위무사로 서 있기를 기대해 본다. 무심천변을 지키는 벚나무 가로수처럼.

드넓은 화원은 땅속에 무엇을 숨겨둘 것인가. 내일을 위한 한 알의 씨앗으로 잠들어도 좋을 것 같다. 이제 곧 꽃잎은 땅 위에 흩어져 내릴 것이다. 땅은 한 잎 한 잎 쏟아지는 꽃들을 받아낼 것처럼 가슴을 열어 놓은 듯하다. 아무런 불평도 없이.

오래 전부터 강은 우리네 삶의 원천이었다. 끝없이 생명을 틔워 내고 키우기를 반복한다. 강을 통하여 치유와 화합을 깨닫고, 흘려보냄으로 다시 채울 수 있는 아득함을 느끼기도 한다.

강을 바라보며 아픔 뒤에 오는 생명의 속살을 만난다. 끝이라고 절망했던 곳에서 다시 시작되는 희망을 바라본다. 오늘도 끝없이 부딪치며 흘러가는 강물의 속성에서 삶의 강인함을 배운다.

이제 강의 자리는 강에 내어주고, 꽃의 자리는 꽃에게 내어주어야 할 것 같다. 이곳에서 나만의 무심천을 낚아 올리듯 누군가는 무심천 둑길 위에서 낙동강의 향수를 달래고 있을지 모를 일이다.

내일쯤 누군가 이 자리에 다시 앉아 그 사람만의 무심천을 만나볼 수 있기를 기대해 본다. 강물이 전해주는 너그러움도 함께.

관객들이 떠난 낙동강변의 유채밭에는 꽃들의 뒤풀이 준비가 한창이다.

# 라일락 향이 정원에 퍼질 때

**봄**의 뜰로 나섰다. 아무것도 생각하지 않고, 오로지 봄의 그윽한 향기와 생동감 넘치는 생명의 꿈틀거림만을 느끼려 애썼다.

아름답게 꾸며진 병원 정원의 한가운데는 커다란 라일락이 가장 화려한 봄을 나누고 있다. 내 젊은 날의 기억 속에 잠들어 있는 라일락이 이곳에서 금방이라도 터져버릴 것처럼 가득 꽃을 피우고 있다.

따사로운 봄날이었다. 고등학교 입학을 한 지 얼마 지나지 않는데 이사를 한다고 했다. 지금 사는 사직동 집은 넓은 한옥을 포함해 울타리 안에 집이 세 채가 있다. 이사를 하게 되면 더 먼 거리를 걸어 다녀야 한다.

아버지는 더 이상 버텨 낼 수 없는 사업을 접고, 적은 돈이라도 벌겠다며 몇 달 전 서울로 올라갔다. 엄마는 우리에게 아무런 설명도 없이 이사할 것이라는 통보만 했다.

이 집은 나의 기억이 처음 시작되는 어린 시절부터 살던 곳이기에 이사가 달갑지 않았다. 사직동 옆 모충동이 조금은 변두리 지역이라는 생각이 있었기에 가고 싶지 않다고 투덜대다가 야단만 맞았다. 잠깐 집에 다니러 온 아버지는 어른들이 결정한 것에 대해 불만을 말한다며 언짢아하셨다.

그래도 한편으로는 작게나마 위안이 되는 부분이 있다. 이사 가는 집은 오래되지 않은 양옥집이며, 제법 쓸 만한 정원이 딸린 곳이라는 엄마의 말에 내심 기대가 되었다.

이사하는 날 학교를 마치고는 모충동 집으로 갔다. 아직 정리는 덜 되었지만 대충 이사는 마무리되어 가고 있다.

푸른색 철문을 들어섰다. 활짝 열린 대문을 들어서는데 나를 맞아주는 새로운 집의 환영 인사는 기대 이상이다. 비스듬히 경사진 시멘트 바닥을 몇 발짝 걸어 올라가니 눈에 들어오는 것이 있다. 군데군데 서 있는 여러 과실수와 활엽수들이 연한 초록색으로 빛나 보였다.

예고도 없이 달려든 낯익은 향기에 나도 모르게 두 눈을 감았다. 이삿짐이 널려 있는 자리에 멈춰 서서 그윽한 향기에 흠뻑 취해버렸다. 정원의 한가운데 보랏빛 꽃을 가득히 피운 키 큰 라일락이 진한 향기를 뿜어내고 있다.

온 집안이 라일락 향기로 가득 차 있다. 진한 자주색과 연보라색, 연한 분홍빛이 서로 어울려 꽃 무더기로 피어 있다.

라일락 나무가 두 팔을 벌리고 나를 안으려고 다가오는 것 같은 착각에 잠시 빠져들었다. 작은 꽃잎들이 무리 지어 송이를 이루며 서로 몸을 비비듯 피어 있는 모습을 보니 향기만큼이나 진한 정감이 느껴졌다.

집은 도로보다 조금 높은 곳에 위치했기에 안에서 보는 담장의 높이는 밖에서 보는 담장보다 낮았다. 그런 점에서 나무들이 더욱 크게 보였는지 모르겠다.

이후로 나는 그 집을 '라일락집'이라고 불렀다. 라일락의 꽃말이 '첫사랑' '젊은 날의 추억'인 것은 식물도감에서 찾았다.

비가 오는 날이면 창문을 열고 정원을 내다보는 것이 커다란 즐거움이었다. 푸른 잎에 떨어지는 빗방울이 다시 작은 잎 위로 미끄러지며 흘러내리는 모습을 오래도록 잔잔히 바라보았다.

나뭇가지마다 튀어 오르는 맑은 빗방울 소리를 어찌 외면할 수 있을까. 우산을 펼쳐 들고 현관문을 밀치고 나가 젖은 나무 아래로 숨어들었다.

잎들이 모두 떨어져 버린 겨울나무에 때때로 하얀 눈꽃이 피었다. 그곳에서는 아무런 걱정 없이 끝없는 사색의 나라로 나만의 여행을 떠날 수 있었다.

설레는 마음으로 누군가의 편지를 기다리고 누군가에게 곱게 편지를 적어 내리던 곳도 라일락 그늘 아래였다.

엄마가 유난히 힘들어하던 날, 덧없이 아버지를 기다려 보던 곳도 언제나 같은 장소였다.

몇 번은 새롭게 푸른 잎이 돋아나고, 또 몇 번은 낙엽이 되어 벌거벗어가던 정원 안에서 내 젊은 날의 옅은 방황도 익어갔다.


정원의 한가운데 서 있는 라일락은 언제나 은은한 꽃향기를 가득 머금고 있었다. 그 라일락꽃을 바라보면 언제부터인가 떠오르는 것이 있다.

잔인한 사월을 노래한 엘리엇의 「황무지」가 생각나고, 김광규 시인의 울음조차 터트릴 수 없는 「4월의 가로수」가 다가온다. 그들의 응혈된 가슴이 전율하듯 느껴진다.

그래, 4월이었지. 지금도 라일락 아래에 서면 오래된 기억이 그리움으로 살랑살랑 살아난다. 계절이 바뀌어도 늘 진한 향내가 흩날릴 것 같다. 되돌아보는 추억은 언제나 아름답다.

낯선 병원 뜨락에 소담스레 피어 있는 꽃들과 함께 추억 속의 젊은 날이 라일락 향기에 섞여 봄의 정원 가득 퍼져나간다.

# 봄날은, 또 그렇게 간다

"**당**신 암이래. 암이 맞대."

"응."

세상에서 가장 짧은 대답을 건네고 수화기를 내려놓았지만, 남편의 목소리는 메아리처럼 되돌아와 귓가를 울린다.

하루 전 우연히 오른쪽 가슴 한쪽 귀퉁이가 움푹 들어간 것을 발견했다. 남편의 눈빛이 흔들렸다. 웬만한 일에는 눈 한번 깜빡거리지 않는 강심장인 사람이다.

다음날 불안한 마음을 진정시키며 서둘러 조직검사를 받았다. 초음파를 보면서 세 군데서 여덟 번 조직을 떼어냈다.

"거의 다 됐어요. 잘 참으시네요. 이제 한 번만 더 하면 돼요."

의사의 표정 없는 말 속에서 난 입술을 깨물었다.

지혈을 위해 조직을 떼어낸 자리를 압박하는 남편의 손바닥은 돌덩이처럼 무거웠다. 이것으로 마지막이었으면 좋겠다는 생각이 간절했지만 이제 시작일 뿐이다.

그토록 힘들고 어려운 싸움이 선전포고도 없이 시작되었다. 어쩌면 수없이 신호를 보내왔지만 외면하고 있었는지도 모를 일이다. 의사는 암이라고 확신하고 있었다. 암의 여부가 궁금했던 것이 아니라 암인 것을 확인하는 과정이었다.

많은 생각이 영화의 장면들처럼 잘린 채 스치며 지나갔다. 이러한 일이 내게로 올 것이란 생각은 한 번도 해본 적이 없다. 나와는 상관없는 남들의 이야기로만 여겼다. 오만이었다.

불과 1년 여 전에 암 검사를 했을 때는 발견하지 못했다. 이미 진행이 많이 된 것 같다. 결과를 예측했다고 해도 담담하지만은 않았다. 잠시 멍한 눈빛이 허공에 흩어졌다. 내게 들리지 않도록 소리도 내지 못한 채 나는 가슴을 두드렸다. 눈이 붉어지기 전까지 오늘만 울기로 한다.

최대한 오래도록 아이들에게는 들키고 싶지 않다. 아이들이 오기 전에 집 안 정리하고 저녁 준비도 해야겠다. 고등학생 큰아들, 중학생 작은아들, 그리고 이제 다섯 살이 된 딸아이가 있다. 남편은 이 아이들을 혼자 감당해 낼 수 있을까.

나의 의지로 내 생명을 어쩔 수 있는 것이 아니다. 도대체 내가 뭘 어쨌다는 것인지 서서히 억울함이 밀려왔다.


　복사한 조직검사 결과와 필요한 서류들을 준비해 S병원 암센터로 갔다. 수술 날짜를 잡아야 했다. 며칠 동안의 누적된 피로와 불면의 밤을 안고 새벽부터 이동했다.

　수술에 필요한 검사들을 하고 나니 온몸은 무너져 내릴 만큼 지쳤다. 그러나 이 순간이 더없이 행복하다는 것을 예전이었으면 깨닫지 못했을 것이다. 살아 있음의 소중함이 절절하게 다가왔다.

　동행한 딸아이는 느닷없는 서울 여행이 즐거워 보인다. 광화문을 지나 청계천을 거닐면서 난 잠시나마 서울에 온 목적을 잊었다.

　순간순간 기웃거리는 생각들의 현실을 부정하고 싶었다. 웃어도 웃는 것이 아니라는 말이 있지만, 그렇게라도 웃을 수 있는 것은 힘겨운 축복이다.

　딸아이를 바라보는 남편의 얼굴은 밝고도 어둡다. 당분간 함께 여행하기는 어려운 일이니, 잠시라도 즐거운 시간이 딸아이에게 머물기를 바라본다.

　수술 전까지 며칠 동안은 집을 비우는 준비로 바빴다. 멀리 사시는 친정엄마에게 아이들을 부탁했다. 정밀검사를 받을 일이 있어서 서울로 가는 것이라고 안심시켰다. 검사 결과에 따라 아주 간단한 수술을 할 수 있다는 말도 덧붙였다.

겁이 많은 엄마는 자세히 묻지도 못한다. 녹록하지 않은 세상임을 알기에 나이가 들수록 겁도 늘어가는 것 같다. 한동안 아버지는 혼자 계셔야 할 것이다.

아는 사람 하나 없는 타지에서의 생활은 때때로 당혹스럽다. 무엇보다도 아픈 일이 생겼을 때는 더욱 난감하다. 마음에 걸리는 것이 너무 많아 주위 사람들에게 폐를 끼치는 것이 자꾸만 미안하다. 그래서일까. 4월이 깊어져 가는 날에도 나는 여전히 춥다.

인생을 우여곡절이라고 표현한다. 될 수만 있다면 피해서 가고 싶은 것들을 길목 어귀에서 복병처럼 부딪친다. 산 너머에는 또 산이 있다. 산다는 것은 산 너머에 있는 산을 다시 넘는 것이다. 그러나 이미 넘어온 산이 있기에 다음 산은 조금 더 쉬이 넘을 수 있다. 신은 감당치 못할 시련은 주지 않는다고 했다.

나의 기도 소리는 새벽이슬과 함께 안개를 걷어낸다.

긴 겨울을 살뜰히 이겨낸 곳곳의 뜨락에는 꽃망울들이 숨 가쁘게 피어날 채비가 한창이다. '4월은 잔인한 달'이라고 노래한 시인은 라일락이 피기를 기다렸을까.

오히려 따뜻하다고 느꼈던 겨울은 이미 가버렸다. 마른 뿌리는 땅속에 머물러 있고 꽃은 곧 필 것이다.

지금은 보이지 않지만 긴 터널 끝에 기다리고 있을 햇살을 맞으러 나서야겠다. 잔인한 봄날을 보내기 위해 길을 떠난다.

# 시 트 한 장 의 무 게

"**한** 숨 푹 자고 나올게."

눈도 마주치지 못하고 건네는 한마디에 남편은 살그머니 손을 잡는 듯했다.

"보호자는 더 이상 들어오시면 안 됩니다."

라는 말이 남편과 나를 가르는 선이 되었다.

뒤돌아볼 겨를도 없이 이동침대는 미끄러지듯 수술실 안으로 들어섰다. 병실 간호사와 수술실 간호사가 나를 두고 서로 인계한다.

수술실 문이 닫히고 침대는 룸을 향해 끌려갔다. 이동하는 복도는 아득히 길고도 멀게만 느껴졌다. 찬 기운이 온몸을 휘감으니 나도 모르게 움츠러든다. 얇은 시트 한 장의 무게에 전신의 모공이 일제히 일어섰다.

혼자이다. 연결된 심전도 기계음이 요란스럽다. 수술기구들의 차가운 금속 소리가 들리지 않도록 미리 준비해 두었더라면 좋았을 것을. 심장박동이 더 크게 뛰는 것을 진정하기 어렵다.

수술대 위에 눕자 잠시 후 켜질 무영등이 눈에 들어온다. 눈을 감았다. 곧 잠이 들 것이다. 마취약이 몸속으로 스며들면서 잠으로 빠져드는 과정에는 순간의 묘한 불쾌감이 있다.

수술 전날 주치의의 설명을 통해 들었다. 무엇보다도 전이의 여부가 의심스럽기에 열어보아야 정확한 진단을 내릴 수 있다고 한다. 림프절에 전이가 되었을 경우 수술이 커지고 시간도 오래 걸릴 것이라고 했다.

그렇게 되면 배액관으로 연결된 피주머니를 달고 나올 것이라고 한다. 코끼리 다리처럼 부어오르는 림프부종을 예방하기 위해 팔을 최대한으로 아껴야 한다고 했다.

십 년이 지나서도 림프부종이 오는 경우를 보았다는 말에 제발 그 지경까지는 가지 않기를 수없이 빌고 또 빌며 밤을 보냈다. 그나마 다행인 것은 암의 위치가 바깥쪽이어서 전절제全切除를 피할 수 있었던 점이다.

오늘 담당 교수의 수술 환자는 모두 여덟 명이고, 나는 네 번째 순서이다. 할 수만 있다면 마주하고 싶지 않은 시간을 기다리는 것은 형벌과도 같다. 시간이 밀리다 보니 늦은 오후가 되어서야 수술실로 향했다.

얼마나 오랜 시간이 지났는지는 기억해 낼 수가 없다. 회복실에 있었던 기억도 없는데 정신을 차리고 보니 병실이다. 회복실에서부터 진통제를 많이 맞았다는데 여전히 통증은 심하다.

그 와중에 더듬거리며 피주머니를 찾았다. 잡히는 것이 있다. 그날 수술을 한 사람 중에 유일하게 전이가 되었고, 그로 인해 림프절을 서른일곱 개나 절제했다고 한다. 수술 시간은 예상보다 길어졌고 통증은 심했다.

예전에는 될 수 있으면 진통제를 맞지 않고 참을 것을 권유했는데 요즘은 그렇지 않은가 보다. 오늘은 몹시 아플 것이니 참지 말고 진통제를 맞으라고 한다. 그 말도 내게는 커다란 위안이 되었다.

몇 번의 진통제를 맞으며 자다 깨기를 반복하니 남편이 자꾸 깨운다. 폐렴이 오지 않도록 자주 기침을 해야 하는데 계속 잠에 빠져드는 모습이 걱정인가 보다.

어제 수술을 마친 옆 침대의 환자는 무엇 때문인지 그녀의 남편에게 마구 화를 내고 있고, 그는 아무 대꾸도 없이 받아내고 있다. 내일쯤이면 나도 저 정도로 회복할 수 있으려나 기대해 본다.

처음부터 다인실多人室을 배정받은 것은 행운이었다. 같은 처지인 사람이 서로 아픔을 나누어 가질 수 있다는 것이 입원 기간 내내 얼마나 큰 힘이 되었는지 모른다. 동병상련의 위로와 함께 질병에 대한 정보도 공유할 수 있었다.

같은 병실의 사람들에게 많은 도움을 받았다. 사흘 만에 한쪽 팔과 손을 움직여 머리를 감는 모습을 보고 기꺼이 도움의 손길을 보태주었던 환우의 따뜻함을 기억한다.

불안스럽게 들어내는 식판을 대신 들어주기도 했다. 힘이 미치지 못해 부족한 부분을 공감으로 메꾸어 준 사람들이 두고두고 고맙다. 그곳에서의 날들은 혼자 있어도 혼자가 아니었다.

같은 병실에는 십 년 만에 재수술하는 사람도 있었다. 먼저 항암 치료를 하여 암의 크기를 줄인 후에 수술하는 사람도 있다. 몇 년 전에 자궁암 수술을 받았는데, 이번에는 유방암 수술을 받게 되었다는 사람은 매우 우울해 보였다.

그러나 그곳에서는 암을 가운데 두고 서로 한마음이 된다. 왜 이렇게도 아픈 사람들이 많은지, 일상의 삶을 살아갈 때는 미처 알지 못했던 일들이다. 나만 아픈 것이 아니었다.

통증은 하루가 다르게 나았지만, 수술 부위의 회복은 느렸다. 오른쪽 겨드랑이 밑으로 팔을 따라 신경이 손상되어 감각이 없다.

돌아올 것이라는 기대는 하지 말라고 한다. 숟가락을 들어올리기까지도 며칠이 걸렸다. 앞으로의 일들을 미리 걱정하지는 말아야겠다고 생각했다.

하루의 시간은 뒷걸음질 치듯 길고도 더디게 흘러갔다. 병실이 답답하게 느껴질 때는 밖으로 나섰다. 떠나는 사월을 외면한 채, 다가서는 오월의 정원을 만나러 간다.

며칠 사이에 초록 잎들의 싱그러움이 눈에 띄게 짙어졌다. 라일락꽃 내음에 취해 지그시 두 눈을 감아본다. 정신없이 살아온 지난날들은 오래된 폐가의 유령처럼 흔들렸다. 희미한 기억들은 저들끼리 그림자놀이라도 하는 듯하다.

그러나 가끔은 끊긴 채라도 되살아나는, 꽃향기 묻은 기억을 건져 올린다. 잊고 있던 자아를 마주할 수 있는 소중한 시간이 그곳에 있었다. 산책로를 따라 걷고 또 걸었다. 아이들은 잘 지내려나.


인생의 모든 것이 집약된 곳이 병원인 것 같다. 같은 공간 안에서 누군가는 태어나고 누군가는 죽어간다. 누군가는 살기 위해 극한의 아픔을 감내하고, 누군가는 그러한 사람을 살리기 위해 온갖 노력을 기울인다.

누군가는 하루만이라도 더 살기를 소원하고, 다른 누군가는 단

하루의 삶을 견디는 것조차도 고통스러워한다. 그곳에는 기쁨과 절망과 슬픔이 함께 있다.

그리고 그곳의 한가운데 나는 서 있다. 삶과 죽음이 공존하는 경계에서 이제 겨우 한 발을 내디디려 한다. 산다는 것은 죽음과 함께 뛰어가는 이인삼각 경기이다.

피주머니에 고이는 삼출물의 양이 줄어들어야 하는데 그렇지 못해 퇴원이 늦어진다. 함께 수술한 사람들이 먼저 퇴원한 빈 침대에는 다른 사람들이 들어왔다.

이제는 전에 받았던 도움을 다른 사람을 통해 조금이나마 되돌려 줄 수 있어 감사한 마음이다. 살아 있다는 느낌으로 무엇인가에 이겼다는 쾌감을 갖는다. 언제까지라고 확신할 수는 없지만, 사는 날 동안 늘 감사함만은 놓치지 않아야겠다고 다짐해 본다.

아홉 날을 보내고 나서 배액관을 제거하고 퇴원한다. 그날 처음으로 시트 한 장의 무게를 느꼈다. 아직은 내가 살아 있다는 것이리라. 그러나 이제 아주 작은 산 하나를 넘었을 뿐이다.

# 산 다 는 건 순 간 순 간 의 파 도 타 기

자유로움을 갖는다는 것은 매였던 것에서 놓인다는 것
으로 설명이 될까.

병원 로비를 나서며 눈이 시리도록 맑은 하늘을 비스듬히
올려다본다. 저절로 눈이 찡그려진다.

아홉 날 만에 느끼는 짙은 봄 내음이 장미 향으로 다가와
코끝에서 살랑거렸다.

병원을 드나듦이 라일락 이파리가 눈에 보이는가 싶을 때
부터 시작되었는데, 벌써 여름이 선뜻 가까이 오고 있는 것
같다.

나는 앞으로 몇 번이나 짐 가방을 더 꾸리고, 풀고, 끌 것
인가. 한 발짝씩 걷다 보면 터널의 끝은 보이겠지. 보이지
않는 옅은 미소를 내게로 보냈다.

여덟 번의 항암주사와 서른세 번의 방사선치료 그리고 일년 동안의 경구 약물치료가 나를 정중히 기다리고 있다.

짐 가방을 덜덜덜 끌며 주차장으로 향한다. 주차타워의 울림이 노랫소리의 강하고 약함처럼 굴곡지다. 첫 항암치료를 무사히 끝냈다.

수술 후 퇴원한 지 일주일 만에 서울의 병원에서 최종 결과를 확인하고 돌아왔다. 앞으로 일주일을 지낸 다음 항암치료는 집 가까운 병원에서 시작하기로 했다.

옷을 갈아입는 나를 힐끗 쳐다보던 엄마는, 혹시 암이 아닌가 하고 걱정했는데 아니라서 다행이라고 하신다. 종괴 부위가 바깥쪽이라 부분 절제를 하고 보니 그렇게 생각했나 보다.

항암치료를 시작할 날이 다가오니 끝까지 숨길 수 없어 조심스레 말을 꺼냈다. 엄마는 고개를 돌린 채 듣고 있더니 아무 말씀도 없이 자리를 뜬다. 고등학생인 첫째 아이는 손등으로 두 눈을 쓰으 문지르고는 제 방으로 들어가 버렸다.

애들 앞에서 눈물을 보이면 되느냐면서 나는 애꿎은 남편에게 슬그머니 핀잔을 주었다. 그렇게라도 내 설움을 감추기 위함인 것을 들켜버린 것은 아닌지.

지금까지 함께 살면서 두 번째 보는 남편의 눈물이 나쁘지만은 않음은 왜일까. 산다는 것은 순간순간 숨겨진 보물찾기를 경험하는 즐거움이 있기에 아프기만 한 것은 아닌 것 같다.

첫 번째 항암치료를 위해 입원을 했다. '첫'이라는 글자가 붙는 이야기에는 무언가 모를 아련한 추억과 설렘이 묻어왔던 것 같은데, 오늘은 영 아닌 듯싶다. 살아가는 동안 절대로 만나지 않았으면 좋을 '첫'이 낯선 동무처럼 내게 가까이 왔다.

왼쪽 어깨와 가슴 사이 피부 밑에 항암주사를 맞기 위해 케모포트를 심어놓았다. 장기간에 걸쳐 항암주사를 맞는 과정에서 혈관을 보호하고 피부가 괴사되는 것을 막기 위함이다.

수술실에서 케모포트를 심고 돌아와 보니 목뒤에서 등까지 피가 흘러 하얀 수술복이 흥건하게 젖어 있다. 아무 일도 아닌 듯 재빨리 옷을 갈아입었다. 벗어 놓은 수술복이 하얀 겨울 숲에 소복하게 내려앉은 동백꽃 무덤 같다.

항암주사는 다음 날 오후에 맞기로 했다. 다가오는 시간이 사약을 받기 위해 기다리고 있는 것 같은 아득한 마음이다. 체념한 듯 받아들이기 위해 담담한 척 창밖을 바라보며 서성인다.

창밖에는 녹음 짙어 가는 가로수 사이로 한꺼번에 몰려든 아이들의 등굣길이 복닥거린다. 서둘러 총총 사라지는 걸음과 함께 왁자지껄 생기가 넘쳐난다. 내 걸음도 그곳에 잠시 놓아두었다.

낯선 동무 같은 '첫'에는 긴장감이 묻어서 왔다. 대여섯 개의 수액 줄이 주렁주렁 매달렸다. 조금은 굳은 표정으로 서너 명의 의료진들이 항암주사를 지켜보려 나를 에워쌌다.

그렇게 독하다는 빨간색 주사약이 똑…, 똑… 떨어져 수액 줄을 타고 미끄러지듯 내 몸속으로 서서히 빨려 들어갔다. 늘어진 수액 줄을 따라 양귀비처럼 화려한 빨간 꽃이 기다랗게 피었다. 자꾸만 피어난다.

내 몸이 풍선처럼 부풀어 오르는 것 같다. 수액 떨어지는 소리가 확성기를 틀어 놓은 듯 커다랗게 빈 병실을 가득 메우고 있다. 밤이 깊도록 잠이 오지 않는다.

다음날부터 항암 주사약의 위력은 고스란히 나의 고통으로 모습을 드러냈다. 위를 모두 긁어내듯 토하기 시작했고, 메스꺼움과 울렁거림은 지속적으로 나를 괴롭혔다. 밥을 가져왔는데 도저히 먹을 수 없어서 밀쳐두었다.

이내 다섯 살 딸아이가 하던 말이 생각난다.

"엄마, 내 있을 때는 말고 내 없을 때 아주 힘들면 내 생각해."

도로 밥상을 당겨 수저를 드니 밥 한 술을 뜨기도 전에 눈물이 먼저 떨어진다. 무조건 잘 먹어야 한다며, 토하는 한이 있어도 먹어야 한다던 지인의 말이 체한 듯이 먹먹한 가슴을 두드린다.

그렇게라도 시간은 흘렀다. 한 고비 파도를 넘었다. 여덟 번 항암치료 중 하나를 보내버렸다. 파도타기를 하듯 남은 일곱 번을 넘어 보아야겠다.

나는 서퍼가 되기로 한다. 능숙하지 못해도 괜찮다. 파도에 휩쓸려도 다시 일어서면 될 일이다. 집채만큼 커다란 파도가 밀려와도 등 돌리고 흔들리며 보내야겠다. 어쩌면 파도타기의 아찔함까지 즐길 수 있을지 모르겠다.

서울에서 주문한 가발이 이제야 도착했다.

# 때로는 목 놓아 울어도 괜찮아

하늘에는 보석처럼 반짝이는 별들로 가득하다. 온 세상은 칠흑 같은 어둠이 낮게 깔려있다. 하늘 위로 맑은 강물이 흐르고, 나는 작은 배에 올라앉아 수없이 많은 별 사이로 유유히 노를 저어 떠다니고 있다.

작은 조각배에는 별 그림자만 그득하다. 물속에는 하얀 조약돌이 투명하게 비치고 있다. 유영하는 한 마리 물고기처럼 기분 좋은 뱃놀이를 하고 있다. 꿈이었다.

오늘은 두 번째 항암치료를 위해 입원하는 날이다.

며칠 전부터 머리카락이 빠지기 시작했다. 온 집안에 머리카락 천지이다. 병원에 가기 전 머리를 감아보려고 비누 칠하는데 문지를 때마다 뭉텅뭉텅 한 줌 가득 머리카락이

뽑혀 나온다.

가슴이 한 조각씩 베여 나가는 듯 덜컹거린다. 할 수 없이 헹굼을 하는 둥 마는 둥 그냥 말리고 입원하자마자 원내에 있는 이발소로 가서 머리를 밀었다. 빡빡 밀어버렸다.

앞 벽면 전체가 거울인 이발소 의자에 앉아 내 얼굴을 뚫어져라 쳐다보다 슬그머니 눈을 감아버렸다. 자신과의 눈싸움은 아무래도 낯설다. 거울은 쓸데없이 크기도 하다.

뒤에 서서 물끄러미 바라보고 있던 남편이 한마디 거든다.

"선암사로 갈래?, 백담사로 갈래?"

"소림사가 나을 것 같다."

살짝 눈물이 돋을세라 눈을 흘기며 멋쩍게 웃어보였다.

머리카락이 없으니 좋은 점도 있다. 머리카락을 말릴 필요가 없어 편하고 시원하다. 세상사 어떤 일이든 항상 나쁘기만 하거나 좋기만 한 일은 없는 것 같다. 삶에는 어떠한 형태로든 대가가 늘 따라다니는 것 같다.

가식을 벗은 듯 홀가분한 기분을 느껴본다. 지인들은 가발이 참 잘 어울린다고 말해주었다. 그런데도 사람들이 가발을 눈치채고 온통 내 머리만 바라보는 것 같다.

아닌 척 외면하며 나름대로 당당히 어깨를 펴고 보니 머쓱하게 웃음이 났다. 일부러 더욱 크게 웃어 본다. 좋은 일이 생길 것 같다.

항암주사를 맞고 다섯 날 만에 퇴원했다. 하루라도 빨리 병원을 나선다는 것은 가슴 시원한 일이다.

3주 간격으로 항암치료 일정이 반복된다. 다시 두 주일 동안의 전쟁이 이어진다. 둘째 주까지는 힘든 시기이고, 마지막 셋째 주는 다소 회복되는 시기이다. 그리하고 나면 다시 다음 차시 항암 치료가 시작된다.

시간이 지날수록 메스꺼움과 토악질에 시달리다 보면 아무것도 입에 넣을 수 없다. 온몸이 내 마음과는 달리 너덜거리는 느낌이다. 먹는 것이 없으니 토할 것도 없는가 보다. 차라리 마구 토하는 편이 더 시원할 수 있으련만.

울렁거림과 메스꺼움에 손끝까지 저리는 고통이 극에 달하여 도저히 참을 수 없을 지경에 이르렀다. 참는다는 것의 한계점에서 터져버리는 것이 울음인가 보다. 나도 모르게 엉엉 울기 시작했다.

수도 없이 가족들 앞에서는 울지 않겠노라 되새김했건만, 아무런 방어막도 없이 스스로 무너져 내렸다.

육체의 고통에 서러움까지 더해지자 더 이상 생각이라는 것은 사치가 되었다. 이왕 터진 것을 어쩌랴 싶어 마음껏 목 놓아 통곡했다. 스스로가 마치 포효하는 한 마리 짐승 같다는 생각이 내 머릿속을 울렸다. 둔탁한 종소리가 앞에서, 뒤에서 정신없이 울렸다.

놀란 딸아이가 쏜살같이 다가와 나를 흔들어대더니, 빠르게 제 아빠에게 전화한다. 득달같이 달려온 남편과 아이들까지 합세해 나의 팔다리를 하나씩 붙들고 주무르기 시작한다. 아무것도 대신해 줄 수 없는 자신들의 한계를 느끼며 마음 아파하지 않았을까. 가족이기에.

한바탕 가슴 바닥까지 모든 것을 비워 내듯 울어버리고 나니 그렇게 시원할 수가 없다. 일종의 카타르시스를 경험하며 마음이 정화되는 것을 느꼈다. 알 수 없는 편안함이 밀려오자 넋을 놓고 울었던 것이 한없이 민망하다.

그렇게 울고 난 것을 고비로 조금씩 음식을 입에 넣을 수 있게 되었다. 다른 사람 앞에서 울었던 기억이 별로 없는 나는 이러한 상황이 신기하기까지 했다. 목 놓아 우는 것이 이렇게 가슴 시원한 일인지 처음 알았다.

고통의 절정에서 터져버린 울음이 나를 가장 낮은 곳으로 데려다 놓은 것 같다. 내 힘으로 더 이상 어쩔 수 없는 난관 앞에 부딪게 되더라도 생각지 않은 곳에서 길이 열리기도 하는가 보다.

가장 낮은 곳에 발을 딛고 나서야 다시 일어설 힘을 추스른다.

살면서 언젠가 더욱 낮아질 수밖에 없는 상황을 다시 만날지 모른다. 힘겨워도 넘을 수 있을 것이라는 막연한 자신감마저 생긴다. 어쩔 수 없는 아픔이라면 맛있게 잘 먹을 일이다.

창문을 열었다. 상큼한 바람이 초여름 저녁을 휘감듯 시원하게 불어왔다.

하늘을 바라보니 일부러 누군가 깔아놓은 것처럼 지난 꿈에 보았던 별들이 유난스레 반짝인다.

유영하는 한 마리 물고기가 내 가슴속으로 스르르 헤엄쳐 들어와 울음이 못내 부끄러운 나에게 속삭인다.

'힘들 때면 한 번쯤 목 놓아 울어버려도 괜찮아.'

# 꽃은 꽃이다

칠월의 정원은 꽃들의 나라다. 눈길 닿는 곳마다 피어나는 꽃들의 향연에 막힌 숨이 트이도록 너그러워지는 계절이다.

손과 손을 잡은 듯 몸을 늘어뜨려 담벼락을 뒤덮으며 피어난 능소화가 애처로운 전설을 건네주고, 여러 색채를 머금고 군무를 추듯 피어난 수국의 미소가 더없이 화려하다.

부지런한 손길이 가꾸어 놓은 찻집 마당의 한쪽에는 진분홍 초화화가 여린 몸을 삐죽이 내민다. 손톱 크기의 작은 꽃이 하늘을 향해 가느다란 목을 길게 뻗어 실바람에 산들거린다.

어디가 뜨락이고 어디가 꽃길인지 구분 짓기 어려울 만큼 소담스레 피어난 꽃들은 저들끼리 깊은 수다로 속살거린다.

나도 그 수다에 끼어들어 이 순간을 한껏 즐기고 싶다.

푸른빛이 짙어 가는 날은 물속에서도 연꽃들을 가득 피워 올린다. 크고 작은 수련이 느리게 피어나 유채색으로 연못 전체를 덮어 놓았다. 청개구리는 이제 막 올챙이를 벗어나 세상 밖으로 구경을 나서는 듯 연잎을 폴짝이며 건너뛰고 있다.

이처럼 익어가는 칠월이 오면 애써 찾아가지 않아도 발걸음 내딛는 곳마다 꽃 천지다. 흙길을 따라 나서면 소박하게 피어난 들꽃들도 어렵지 않게 만날 수 있다. 언덕배기에는 가득 펼쳐놓은 개망초가 익어가는 여름 햇살과 어울려 흐드러진 눈꽃 풍경을 자아낸다.

작은 시골 마을을 가로질러 흐르는 개울물 소리는 맑은 하늘과 어우러진 배경음악이 되어 발끝마다 여름을 피워낸다. 저 홀로 피었다 져 버린다 해도 어느 것 하나 예쁘지 않은 꽃이 없다.

나도 때로는 어여쁘고 싶다. 예뻐 보이고 싶은 것이 아니다. 다른 이에게 비추어지는 모습이 아닌, 내가 나를 아무런 편견 없이 바라보고 싶다.

그렇게 스스로 바라보아도 한없이 아름다울 수 있다면 좋겠다. 나지막이 꽃들을 바라보고 있으면 나도 어느새 꽃이 된다.

꽃들은 스스로 피어날 뿐 아직 시들어 갈 얼굴은 보여주지 않는다. 청록의 뜰에 숨죽이듯 들어서면 나에게도 싱그러운 꽃물이 흠뻑 젖어들 것 같다. 꽃마다 제 빛깔로 뿜어내는 향기가 내게도 스며들지 모르겠다.

이토록 푸른 청춘일 수 있는 것이 가을 없이 겨울 없이 홀로 여름으로 피어날 수 있었겠는가. 내일이나 모레쯤 시들어 간다 해도 오늘은 오늘만큼 향기로워지고 싶다.

꽃들은 저마다의 독특한 향기가 있다. 라일락이나 장미, 허브처럼 많은 사람이 좋아하는 매혹적인 향은 여러모로 생활에 유익하게 사용되기도 한다. 눈으로 보기에도 아름다운데 향기까지 그윽하다.

하지만 꽃이라고 모두 다 좋은 향기만을 머금은 것은 아니다. 구문초와 같은 제라늄은 예쁜 꽃에 비해 좋지 않은 냄새를 품고 있다. 표현하기 좋게 빈대나 비린 냄새가 난다고 하지만, 향기라고는 할 수 없는 조금은 역한 냄새를 풍긴다. 그런데도 파리나 모기가 싫어하는 냄새라 하여 해충들을 퇴치하기 위해 키우기도 한다.

꽃의 영역이다. 흔하게 볼 수 있는 식물은 아니지만 스타펠리아, 타이탄 아룸처럼 독한 향을 뿜어내어 짝짓기를 도와줄 파리를 유인하는 꽃도 있다. 식물도 그들 세계에서 살아남기 위해 종족 번식의 본능을 발휘한다.

이것이 끝이 아니다. 벌레를 유인하기 위해 냄새를 뿌리는 파리

지옥과 같은 식충식물도 있다. 꽃들도 살기 위해 먹잇감을 통째 잡아들이기도 하는 것이다. 꽃들의 방법으로 최선을 다해 살아가고 있다.

세상 살아가는 곳 어디든지 약육강식이 존재한다지만, 다행히 꽃이 꽃을 상하게 한다는 말은 아직 들어 보지 못했다.

꽃들도 살아가기 위해서 때로는 이기적이어야 하는 것인지도 모른다. 꽃으로 피어나서 예쁘지 않고 싶은 날이 어디 있을까. 꽃으로 생겨나서 향기롭지 않고 싶을 때가 있을까 싶지만, 저마다는 제 살길의 모습으로 아름답게 살아간다.

꽃은 생명을 가진 이들에게 그저 아름답게 보이기 위해 태어난 것이 아니다. 이들도 늘 자신의 삶을 살고 싶은 것이 아니었을까.

꽃은 한 번도 나무이기를 고집하지 않는다. 꽃은 오직 꽃들만 바라본다. 서로서로 기대어 살아가는 방법을 터득하기라도 한 것인지 모르겠다.

넘치는 것을 바라지 않으며 자기들끼리 해하는 법을 알지 못한다. 시간의 흐름에 따라 갈색으로 변해가는 얼굴을 감추려 애쓰지 않는다. 꽃이 언제나 아름답고 향기로운 이유이다.

고개를 돌려 어디에 눈길을 멈추어 보더라도 모두 치열한 자신의 삶을 살아가고 있다. 그 속에서도 꽃은 언제나 꽃으로 피어 있기를 고집한다.

때로는 나도 꽃이 되고 싶다. 황홀한 향기에 취해도 좋을 고운 꽃이면 좋겠다. 처한 환경에 순응하며 불평 없이 피어나는 소박함으로 더없이 수려한 꽃이었으면 싶다. 제 만큼의 모습으로 자신의 몫을 다하여 최선으로 살다가는 그런 꽃이어도 좋겠다.

한 번쯤은 스스로 아름답게 보아줄 수 있는 꽃밭에 더없이 환하게 피어난 예쁜 꽃으로 살고 싶다. 시들어 꽃잎이 떨어진다 해도, 꽃은 자신의 정체성을 잃어버린 적이 없다.

# 길 끝에 서는 날이 오면

**자**신 있게 앞서서 걸었다. 초등학교 입학식을 마치고 돌아오는 길이다. 촐싹대며 한 발 뛰기도 해보고 깡충깡충 두 발 뛰기도 했다가 한달음에 달려보기도 한다.

토끼도 되었다가 다람쥐도 되었다가 이내 거북이가 되어 본다. 매캐한 먼지바람도 오히려 꽃내음처럼 향기롭게 느껴진다.

어린 시절 동네 골목길을 혼자 벗어나 본 기억이 별로 없었다. 그런 내가 학교에 다니기 위해 날마다 홀로 집을 나선다는 것은 꿈처럼 기다려지는 일이다.

오늘은 손꼽아 기다리던 설렘을 마음껏 드러내도 괜찮을 것 같다. 왼쪽 가슴에 고이 접어 달아놓은 손수건은 뻐기듯 어깨를 넓혀도 좋을 만큼 자랑스러웠다.

예비 소집일 때에도 다녀왔으니 학교에서 돌아오는 길을 이제는 알 것 같다.

혼자서도 집을 잘 찾아가는 중이라는 생각으로 우쭐거리며 이만치 앞서 왔는데, 갑자기 눈앞에 놓인 길이 생소하다. 집으로 접어드는 골목길이 여기쯤이었던 것 같은 데 갈래길이다.

못 보던 건물들이 보인다. 뒤를 돌아보니 엄마도, 함께 왔던 동네 일행도 보이지 않는다. 순간 밀려드는 아득함과 당혹감에 울먹이며 뒤돌아서 왔던 길을 뛰어갔다. 아주 짧은 시간 번개처럼 쏟아지는 생각들을 헤아리며 달려가던 길이 그때는 얼마나 무섭고 길게만 느껴졌던지.


오래 전 강원도로 여행을 갔었다.

목적지를 정하고 홀로 떠난 지 이틀째 되는 날이다. 가고자 하는 곳은 출발점에서 산을 두세 개쯤 넘어야 하는 곳에 있다.

예전에는 먼 길을 떠나려면 지도책을 옆에 두고 틈틈이 확인하면서 갔다. 길을 잘못 들어 낭패를 겪었던 일이 지금보다 훨씬 많았던 때이다. 산을 하나쯤 넘은 것 같은데 갑자기 내비게이션이 작동을 멈추었다. 갑자기 길잡이가 사라져버렸다.

첩첩산중이니 지나는 사람이나 오고 가는 차량도 없다. 어딘가 물어볼 수도 없다. 인적이 드문 곳이라 이정표도 세워 두지 않았나 보다. 처음부터 있었던 것도 아닌 기계가 멈춰 섰다고 졸지에 가야 할 방향을 잃어버린 것이다.

깊은 산속에 갇혀 버린 느낌이다. 우선은 되돌아오는 한이 있더라도 가던 길을 가야 했다. 길 따라 그대로 가 보자는 생각을 했다.

내 길이라 여겨 잘 가고 있는 듯해도 우리는 삶의 지표로 삼았던 것조차 때때로 잘못 바라보는 실수를 범하며 살아가기도 한다.


학창 시절 연극동아리 활동을 했던 때가 있다. 모두 전공과는 거리가 멀었고, 그저 좋아서 시작한 연극이었다. 처음으로 연기라는 것을 시작한 우리는 누구라고 할 것도 없이 서툴렀다. 그래서 더욱 열정을 기울이지 않았을까.

무대를 올릴 때마다 느꼈던 희열과 감동이 오래도록 이어졌던 기억이 있다. 아마추어인 우리가 무대에서 어찌할 바를 몰라 멈칫거릴 때면 함께 무대를 준비했던 연출가의 한결같은 주문이 있었다.

"생각대로 그냥 가봐. 가던 대로 계속 가봐."

서툰 걸음 속에서 만난 오류는 좀 더 나은 길들을 스스로 만들어 가는 계기가 되고는 했다.

길을 잃는다는 것은 다시금 길을 찾는 것이다. 살아가면서 길을 잃어본 경험이 없는 사람이 있을까.

가고 있던 길 중간에서 되돌아왔던 적은 얼마나 많았으며, 마음으로 수없이 떠났던 길을 한 번도 밟아보지 못했던 때는 또 얼마나 많았는지. 막힌 듯 보이는 골목길 끝까지 다가가서 고개를 살짝 빼고 들여다보기도 한다.

그럴 때면 막혔던 것처럼 보이는 곳 옆으로, 보일 듯 말 듯 좁은 샛길을 발견하기도 한다. 길이 끊기면 돌아서 나오면 되고, 길을 잘못 들어서면 다른 길을 찾으면 된다.


언제든지 훌쩍 떠나 보아도 좋을 일이다. 살면서 잃어본 것들이 길뿐이었을까. 돌이켜 보면 아주 많은 것들을 잃기도 하고, 얻기도 하며 살아온 것 같다. 때로는 사랑하는 가족을 떠나보내고 새로이 태어나는 생명을 만나기도 한다.

건강을 잃어 본 후에야 건강의 소중함을 얻고, 사람들 사이에 신뢰감이 깨지고 나서야 관계의 회복성이 얼마나 어려운지 깨닫는다. 무언가를 잃었다고 생각했지만, 그것으로 인해 얻었던 것, 느꼈던 것, 찾았던 것들을 너무나 당연하게 받아들였던 것은 아니었는지 헤아려 본다.

길은 늘 어디론가 향하고 있다.

오래 전 '그냥 그대로' 또는 '마저 가 보라'며 등 뒤에서 토닥여

주던, 기억조차 희미한 연출가의 말이 생각난다.

그의 말들이 막다른 길목처럼 보이는 곳에서 내 삶의 이정표가 되었던 것을 이제 와 조심스레 반추해 본다.

돌아가는 길만큼 시간이 더 걸리면 어떠하랴. 낯설어도 새로운 풍경이 그 시간을 메꿔 줄 것이다.

가다 보면 가끔은 생각지도 못한 멋진 길을 만나기도 한다. 언젠가 나의 길 끝에 서는 날이 오면, 뒤돌아 지나온 길을 바라보며 환하게 웃을 수 있었으면 좋겠다.

때로는 길을 잃어도 괜찮지 않을까.

# 제5부.

# 청춘 — 다시 '첫'을 기다리며

우리는 삶을 살면서 수 많은 '첫'을 만나왔다.
첫 편지, 첫 감동, 첫걸음, 첫 만남
처음으로 통곡했던 그 울음과
처음으로 기억하는 첫눈 내리던 날 등...
나는 아직도 내 인생에 남았을 '첫'을 기다린다.

# 매 우 느 리 게

포구마을이 가을비에 젖는다. 작은 집들은 포구를 끌
어안고 옹기종기 모여 있다. 찻집은 마을을 바라보
며 바다를 사이에 두고 건너편 언덕 아래 다소곳이 앉아
있다.

어디서 날아들었는지 붉게 물든 나뭇잎 하나가 앞 유리창
에 붙어서 나를 빤히 바라보고 있다. 어쩌면 나뭇잎은 내가
저를 바라보고 있다고 생각할지도 모르겠다.

낙엽 한 잎의 붉은 눈빛이 흡사 내게 말을 건네는 것 같
다. 남은 세월을 눈물겹도록 붉게 살다 오라는 마지막 깊은
당부처럼 여겨진다.

한 번쯤은 힘들어도 괜찮고 하루쯤 느려도 좋고 가끔은
홀로여도 즐겁다는 혼잣소리를 빗방울에 담아 허공으로 건

낸다.

차가 움직이면 비에 젖은 나뭇잎은 어디론가 날아가 버릴 것이다. 나뭇잎이 날아가는 곳을 앞질러 가 보는 것도 좋을 듯하다. 그리고 여유 있게 기다려 보는 것은 어떨까.

작은 포구가 보이는 찻집으로 향했다.

바다가 넓게 보이는 통유리 창가에는 빈자리가 없을 정도로 사람들로 가득했다. 나는 창문 크기만큼만 바다가 보이는 아늑한 곳에 자리를 잡았다.

가을비가 토닥토닥 유리창을 두드리며 여러 갈래로 흘러내렸다. 친구 같은 빗방울이 반가워도 창문을 열어 반길 수 없다.

비 내리는 오후는 매우 천천히 스치듯 지나간다. 불현듯 오래 전 내가 즐겨 듣던 곡이 생각났다. 승용차 시동을 켜면 CD롬에 삽입된 디스크가 자동 재생이 되던 음악이다. 항상 자동차 실내에는 잔잔하고 애잔한 저음의 첼로 향기로 넘쳐났다.

어느 날 늙어버린 차가 내 곁을 떠날 때 음반도 함께 가버렸다. 내 기억도 늙어버렸다. 이제는 많은 날이 무더기로 흘러버려 아무리 떠올려 보려고 안간힘을 써도 기억이 나지 않는다.

무슨 곡이었는지, 그렇게 아름다운 선율의 연주자가 누구였는지를 생각해내기 위해 나는 무던히도 애를 썼다. 자동차와 함께 사라진 첼로곡의 여운도 오랜 시간과 함께 희미하다.

호수 같은 바다 위에 빗물이 내려앉는다. 빗방울이 내게 들려주는 멜로디는 눈으로 듣는 음악 소리이다. 비안개가 뽀얗게 바다 건너편 산마루에 펼쳐지고, 작은 마을의 낮은 집 굴뚝 위로 구름 같은 연기가 피어오를 것 같다.

바다 위를 배회하는 까마귀들은 무엇을 찾고 있는지. 내 눈이 까마귀 날갯짓의 뒤를 쫓다 이내 멈추었다. 숨이 차다.

포구에 묶인 작은 어선들이 빗소리를 따라서 살랑살랑 흔들린다. 저들만의 박자에 맞추어 춤을 추고 있는가 보다. 이유 없이 까닥까닥 고개가 절로 움직인다.

빈 배에는 비 내리는 오후의 한적함과 여유로움이 가득 실려 있다. 만선이다. 더위에 지친 날이 어제인 것 같은데 오늘은 한기가 느껴진다. 추억은 매캐한 코끝에서부터 시작된다. 비가 좋아 우산을 펼쳐 들지 못하고 빗물과 함께 걷던 어린 시절이 빛바랜 추억으로 젖어 든다.

바닷가 포구를 따라 다닥다닥 붙은 작은 집들이 비에 스며들고 있다. 처마 밑은 우산을 쓰지 않아도 비에 젖지 않는다.

찻집 문밖에는 비를 피해 찾아든 고양이 한 마리가 처마 밑에 쪼그리고 앉아 깊은 하품을 한다. 고양이의 하루가 늘어지게 하품을 하는 것처럼 보인다. 오늘은 어둠이 일찍 찾아올 것이다.

늦은 식사를 마친 후 가방을 뒤적거려 이어폰을 찾았다. 오늘처럼 비가 가까이 있는 날은 첼로의 음색이 간절하다.

'아다지오 G단조' 독주곡을 골라 귀에 담았다. 느린 풍경은 깊은 첼로의 여유로움과 섞여 서서히 비처럼 젖어 온다. 묵직하고 애절한 멜로디에 온몸이 오그라들듯 전율한다. 현과 오르간의 감미로움이 가을비와 어우러져 아련함으로 묻어나는 것 같다.

내 삶 속에 전율하는 일상의 환희를 어떤 빛깔로 느껴보았을까. 저절로 눈이 감긴다. 빗소리와 첼로 소리가 화음으로 빚어내는 멜로디는 웅장하게 울리는 교향곡의 감동처럼 다가온다. 창문에 비치는 내 얼굴에도 은은한 미소가 번진다.

커피는 이미 식어버린 지 오래다. 돌아가는 차 안에는 '장 필립 오댕'의 〈일생〉으로 가득 채워야겠다. 가까스로 생각해 낸 그의 연주를 설레는 마음으로 만날 수 있을 것이다.

오늘이 내 일생에서 충분히 아름답게 느린 하루였음을 느낀다. 무심코 누리게 된 여유로움이 까맣게 잊고 있던 절절한 기억을 물어다 주기도 하는가 보다.

바다 위로 내리는 비를 두 마리 까마귀가 천천히 물고 간다. 나지막이 어둠이 젖어 들면 등 뒤에 남겨질 찻집의 이름에는 내게 찾아들었던 붉은 나뭇잎 닮은 불빛이 켜질 것이다. '아다지오.'

# 감사는 신이 주는 감동
―추석, 2019

언제부터인가 명절이 되면 가족들과의 여행을 계획한다. 그렇다고 항상 성사되는 것은 아니다.

빨간 날이 더 바쁜 직업을 가진 남편이기에 멀리 있는 시댁이나 친정에 가는 것은 접어두었다. 간혹 연휴 사이에 여유가 생기면 잠깐 가까운 곳으로 나들이를 가는 것이 전부였다.

예전에는 주말이나 공휴일에 식구들이 함께 떠나기는 어려운 일이었다. 주로 아이들 방학 때 평일을 이용하거나 학교에 체험 활동 신청서를 제출하고서야 여행을 떠났다.

좋은 점도 있다. 평소 많은 사람으로 붐비는 곳이라도 우리는 한가하게 다닐 수 있었다. 평일이 주는 나름의 여유를 누리면서.

이곳에 내려와 산 지 벌써 이십 년 세월이 훌쩍 넘었다. 아는 이 하나 없는 곳에서 살아간다는 것이 얼마나 힘든 일인지 살면서 더욱 깊이 느낀다.

무슨 생각으로 이처럼 먼 곳을 마실 다니듯 옮겨왔을까. 젊은 패기였는지 아니면 무지했던 것인지 아무리 생각해도 전자는 아닌 것 같다.

명절이 되면 몇몇 가까운 지인들마저 그들의 고향으로 떠나간다. 우리 가족은 빈 도심 속 한가운데 덩그러니 남아 있다. 차례를 지낼 일이 없으니 많은 음식을 장만할 필요도 없다.

때로는 북적거리는 명절날 모이는 친척들과 음식 차리기와 치우기가 그리워지기도 한다. 이제는 송편도 전도 없는 추석을 지내는 것에 익숙하다. 다른 것들이 빈자리를 채우기 시작한 것도 이곳으로 이사 온 후의 시간과 비례하고 있다.

남편은 올 추석에는 근무가 없으니 계획을 세워보라고 한다. 아이들 여건이 서로 다르다 보니 몇 년째 명절을 집에서만 보낸 것 같다.


연휴가 시작되는 날 아침에 여유롭게 짐을 꾸려 길을 나섰다. 다섯 식구가 승용차 한 대의 좁은 공간에서 서로 붐비는 것조차 즐겁다.

여행지에 닿으면 우리는 으레 전통시장을 찾는다. 재래시장은 가려지지 않은 민낯의 모습을 만날 수 있으며, 낯선 곳에서 가장 편안함을 느낄 수 있는 곳이기도 하다.

통영의 중앙시장은 정겹고 활기차다. 명절 전날의 생기 넘치는 시장 풍경은 환영 인사처럼 느껴졌다. 마치 이방인이 아닌 것처럼 그들과 섞여 볼 수 있었다.

올망졸망한 동피랑 골목길을 한 바퀴 돌아 나온 뒤 미래사 편백 나무숲으로 갔다. 미륵불 오솔길로 불리는 숲길 끝에는 크지 않은 미륵불상이 홀로 서 있다.

바다만 바라보는 그의 기도는 어디쯤 머물고 있으려나. '바다 백리 길'을 돌고 돌아 사람들의 가슴속에 진한 그리움으로 머물기를 바라본다.

불상 앞으로 널브러진 참치 캔 몇 개는 고양이의 먹이인 듯하다. 누군가 두고 간 모양이다. 홀몸이 아닌 것처럼 보이는 고양이 한 마리가 어슬렁거리며 숲속으로 사라진다. 숲이 고양이의 고향인가 보다. 추석은 미래사 편백나무 숲길로 이어진다.


작은 배를 한 척 빌려 타고 바다로 나갔다.

하늘은 흐렸다. 파도는 적당히 일렁거렸으며, 바람은 기분 좋을 만큼 시원하게 불었다. 갈매기들은 딸아이의 손끝에서 정확하게 먹이를 낚아채 날아갔다.

일상의 잡념들이 함께 날아간다. 웃음소리뿐이다. 늘 손에서 휴대전화를 놓지 않던 아이들이었지만, 배에 있는 동안에는 아무도 휴대전화를 보지 않았다.

뱃머리에 걸터앉아 마시는 커피 맛은 달콤함에 시원함을 더한다. 설탕 없는 커피는 싫다는 남편의 입맛을 오늘은 즐겁게 수긍한다.

바다의 모퉁이를 돌아 바람이 잔잔한 곳에서 돛을 펼쳤다. 두 아들은 엉겁결에 밧줄을 잡아 풀고 있다. 돛을 모두 펼치고 바람을 가르며 항해하듯 아이들의 앞날이 순항으로 이어가길 잠깐 빌어본다. 삶의 항해도 얼마든지 아름다울 수 있을 것 같다.

그렇게 통영 앞바다에서의 파도와 바람을 탐닉하고 출발한 선착장으로 돌아왔다. 딸아이가 당구 게임을 해보고 싶다고 해 당구장으로 향했다.

처음에는 셋이 함께 시작했다. 구경하다 보니 재미있어 보여 나도 큐대를 잡고 슬그머니 끼어들었다. 게임 규칙은 모르지만 두 개의 빨간 공을 맞혀야 하는 것 같다.

잠시 후 멀찌감치 지켜보던 큰아들도 어물쩍 끼어들었다. 게임에서 이기고 지는 것은 별 의미가 없다. 시간의 끝을 보려나 보다.

이번에는 볼링장이다. 남편과 딸아이가 한 팀이 되고, 나와 작은 아들이 같은 팀이 되었다. 엄마만큼은 이겨서 꼴찌를 면하는 것이 목표였던 딸아이의 점수는 끝내 나를 앞지르지 못했다.

아득히 먼 날들로 거슬러 올라가 기억과 추억들을 실타래 풀 듯 꺼내본다.


나에게 가장 먼 추석은 언제부터일까. 여섯 살 혹은 일곱 살쯤 될까. 기억은 희미하다.

기다림과 설렘 그리고 추석빔이나 음식으로 인한 행복은 충분히 있었던 것 같다. 버스를 타고 도시 외곽 큰집으로 찾아가던 어린 시절 명절은 무조건 행복이었을까. 좋은 기억만이 추억으로 남는 것 같다.

조금 더 자랐을 때는 어떠했을까.

송편 재료들을 잔뜩 만들어놓고, 엄마는 나와 동생에게 송편을 빚으라고 했다. 여동생은 서너 개 만드는가 싶다가 여지없이 어디론가 사라져버렸다. 혼자서 남은 송편을 모두 빚고 나면 다리는 저리고 온몸은 찌뿌둥했다.

그러고 보니 좋은 기억만 남는 것도 아닌가 보다. 해마다 다른 나의 추석을 한꺼번에 뭉뚱그려 싸 두었다가 또 다른 훗날에 풀어볼 수 있으려나. 아이들의 가슴속에도 아름다운 기억의 추석이 머물렀으면 하는 바람이다.

통영의 아침은 창 건너 밀려드는 햇살과 바다 위로 떠다니는 뱃고동 소리가 섞여서 찾아왔다.

눈도 마저 뜨지 못한 채 일어난 아이들과 우리의 신께 드리는 감사의 제사는 짧고 간결했다.

이 모양 저 모양의 감사할 일이 눈시울을 적셔온다. 가족이 무탈하게 한자리에 모일 수 있음이 고마운 일이다. 감사는 신이 주는 절절한 감동이다.

숙소를 나서 루지를 타러 갔다. 별로 재미가 있을 것 같지 않다며 시큰둥한 반응을 보이던 남편이 제일 신나게 탔다.

바닥이 돌아가며 움직이는 찻집에서, 바다를 바라보며 누리는 여유도 기억의 한 편에 접어둔다.

명절이면 빼놓을 수 없는 영화관람과 온천욕을 끝으로, 우리의 기억 속에 진한 추억으로 남을 2019년 추석이 저물었다.

# 낙엽, 헤어짐의 걸음마

낙엽 눈이다. 길 위에는 온통 노란색이다. 이른 아침이면 도롯가에 밤새도록 소복이 내려앉은 은행나무 잎들이 겨울을 재촉하고 있다.

달리는 차량이 일으키는 바람에 낙엽들이 양쪽 길옆으로 눈 날리듯 흩어진다.

우리 눈에 보이는 노란색 풍경의 아름다움은 마냥 계절의 배경으로 즐기기에 족하다.

센바람이나 회오리바람이라도 불어오면 허공은 흩날리는 샛노란 은행잎으로 때아닌 진풍경이 펼쳐진다.

하늘을 바라보니 시선이 닿는 중간쯤 빼곡한 잎으로 가려 있던 하늘이 언뜻언뜻 말갛게 드러나 보인다.

휑한 마른 나뭇가지들이 흔들린다.

떨어져 내리려는 몸부림인지 아니면 끝까지 떨어지지 않으려 안간힘을 쓰는 것인지 위태롭게 간들거리는 잎들을 바라보며 잠시 생각에 잠겨본다.

초록잎 새순이 삐죽이 돋아나던 때가 바로 엊그제 같은데 낙엽으로 뒹구는 잎들이 먹먹함을 전해온다. 제 몸을 내어주며 마음 졸여 틔워낸 잎들이 아니었던가.

짙은 가을비라도 소슬하게 내리고 나면 노란빛은 더욱 짙어 마른 갈색으로 사라져 갈 것이다.

가지 끝에 매달린 잎들을 한 잎 한 잎 떼어내는 아픔을 나무도 느끼고 있을까. 다시금 연둣빛 가냘픈 잎들이 마법처럼 살금살금 돋아나리라는 것을 나무도 알고 있을까.


1980년대 중반, 파견근무로 1년쯤 C시에 머물렀던 때였다. 갑자기 자지러지듯 고막을 울리는 사이렌 소리가 울렸다. 근무 중이던 직장은 순식간에 소란스러워졌다.

사태 파악을 면밀하게 해야 했고, 동료들과 함께 취해야 할 행동을 결정하기 위해 방송에 귀를 기울였다. 우리는 서로를 바라보며 눈빛을 교환했다. 그때만 해도 한 달에 한 번 정도는 민방공 대피훈련이 있었던 시절이었기에 사이렌 소리가 그다지 낯설지 않았다.

하지만 '실제 상황입니다.'라는 말에는 눈이 커질 수밖에 없었다. 재차 들려오는 공습경보와 실제 상황임을 알리는 날 선 사이렌 소리, 다급한 방송은 낯선 두려움을 오롯이 전해주었고, 찰나에도 수없이 많은 생각을 불러일으켰다.

'전쟁이 난 것이면 어찌해야 하나. 이 먼 타지에서 부모님과의 연락은 닿을 수 있을까. 집에는 어찌 돌아갈 수 있을까.'

당장 현장을 떠나 대피를 할 수 있는 상황이 아니다. 전화 연결이 지금처럼 자유롭지도 못한 시기였다.

당시 오빠는 속초 인근의 군부대에, 동생은 수원 인근의 직장에, 나는 C시에 머물고 있었다.

뿔뿔이 흩어져 연락이 닿지 않는 긴급한 상황에서 자식들 걱정에 몸 둘 바를 몰라 했었다며, 청주에 있던 엄마는 오랜 시간이 흐른 뒤에도 가슴을 쓸어내리며 말했다.


아들은 얼마 전 입사한 직장이 있는 서울 근교 도시로 떠났다. 학업이나 군 복무로 떠나보낼 때와는 다른 마음이다. 한쪽 날갯죽지가 떨어져 나가는 느낌이 든다.

자식이 독립하여 떠나는 것이 이런 것이구나 하는 애잔함과 취업이 어렵다는 사회의 아우성 속에서 제 길을 정하여 떠나는 대견함이 함께 어우러졌다. 함께 있을 때 잘해주지 못했던 것만 자꾸 생각나 언뜻언뜻 미안함이 밀려온다.

연이어 딸아이도 제 길을 찾겠다며 집을 떠났다. 아들과는 달리 더 힘든 상황을 자처하고 나선 딸아이를 데려다주며, 아는 이 없는 낯선 곳에 홀로 남겨두고 돌아오는 발길이 내내 무겁고 마음은 아려왔다.

내 부모와 부모의 부모들이 똑같이 느꼈을 마음이 아니었을까. 가벼운 마음으로 집을 떠났던 오래 전의 나처럼 어쩌면 나의 아이들도 같은 마음일지 모를 일이다.

무심히 보아 넘겼던 나뭇잎 하나가 자신의 이야기를 내게 건네려 했나 보다. 이 가을, 나무들이 몇 계절 품어왔던 잎들을 떠나보내듯 내 품 안에 자라던 아이들을 떠나보내려 한다. 내 몫의 일 하나를 마친 즐거움이 다가올지도 모르겠다.


나이가 들어간다는 것은 점차 만나는 사람보다 떠나는 사람이 늘어나는 것을 체득해 가는 것인가 보다. 헤어짐에 익숙해지는 연습을 해야 할 것 같다.

아이들이 제 길을 찾아 떠나가고, 오래된 지인들도 하나둘 삶을 접으며 떠나가듯이 언젠가 때가 되면 나도 그들 곁을 떠나게 될 것이다.

자연의 섭리를 받아들이는 것처럼 삶의 흐름도 기꺼이 수용하기 위해 오늘도 아름답게 살아야 할 책임을 느낀다. 단풍이 아름답듯이.

삶이 깊어져 간다는 것은 자신에게 속해 있던 것들을 아름답게 한 잎 한 잎 떼어 보내는 일인지도 모른다.

잎들을 떨구어내는 은행나무를 보며 오래 전 마음 졸이며 자식들을 떠나보내던 엄마의 마음을 바라본다.

이제 헤어짐의 걸음마를 한 발씩 떼어 본다. 우리는 어설프게 손을 잡고 조심스럽게 침묵의 겨울 속으로 걸어 들어가 향내 나는 봄을 향해 살아갈 것이다.

# 겨울 속으로 걸어 들어간 바다
—작전명 174호, 잊혀진 영웅들!

무작정 떠났다. 길 따라 이어지는 바다를 만나기 위해 7번 국도로 들어섰다. 동해안을 따라 달릴 수 있는 길이다.

목적지를 정해 두지는 않았다. 주섬주섬 따라나서는 남편은 겨울에는 산으로 가야 한다면서도 선뜻 바다를 향해 운전대를 잡았다. 너른 수평선을 마주하기 좋은 동해바다를 머릿속에 그려 두었다.

바다가 보고 싶었다. 눈이 시리도록 황량한 겨울 바다가 문득문득 보고 싶어졌다. 갈매기의 여유로운 날갯짓을 따라 바람 흔들리는 모래 해안을 아무런 생각도 품지 않은 채 걸어보는 상상을 한다.

뺨이 쓸리고 귓불이 얼어버릴 것 같은 차가움을 느껴보고 싶다. 세차게 부는 겨울바람에 헝클어지는 머릿결을 날려 보고 싶기도 하다.

살아 있음의 희열을 절절하게 느껴보려 한다. 일상적인 단조로움에서 벗어나 잊고 있던 삶의 감사함을 일깨워 보는 것도 좋을 듯하다.

올겨울은 유난히 따뜻하다. 계절을 마주하고 싶은 생각에 겨울 산을 찾는다 해도 언제나 눈꽃을 만나고 오는 것은 아니다.

올해처럼 눈이 내리지 않는 겨울이면 설국의 화려함을 만나기란 더욱 쉽지 않을 것 같다. 그런데도 차가운 계절을 만나고 싶은 마음에 겨울 바다가 불쑥불쑥 아른거렸나 보다.

경주를 거쳐 얼마쯤 지났을까. 바다로 가는 길에는 오래 전 가슴에 담긴 추억이 파도친다. 바다가 보이는 길을 만나면서 두 눈이 바빠진다.

언뜻언뜻 소나무 숲 사이로 푸른 바다가 흘러간다. 아직 겨울이 떠나지 못하는 풍경을 놓칠세라 얼굴을 차창에 부딪치고서야 한적한 해안가에 차를 멈추었다. 영덕 가까이에 있는 장사 해변이다.

낮은 파도가 밀려와 모래밭을 토닥이다 뒷걸음치듯 밀려간다. 겨울 풍경을 담은 바다는 햇살을 품었다. 바다 위로 쏟아지는 햇살은 주춤주춤 물결을 흔들어 댄다.

소담스레 흩어지는 포말도, 적막하리만치 고요한 바닷가에 흩어지는 파도 소리도 잘 왔다고 나를 반기는 것 같다.

잠깐 고개를 들어 먼 곳을 바라보았다. 희미한 수평선 끝 너머로 깊은 절벽이 이어질 것 같다. 불현듯 깊고 날카로운 절벽이 바다 밖으로 숨어 있을 것 같은 생각이 들었다.

시선을 옮기는데 저만치 바닷가로 이어진 해안 끝에 커다란 배 한 척이 버티고 서 있다. 호기심을 안고 천천히 발걸음을 옮긴다.


장사리 해변은 인천상륙작전의 성공을 위해 교란작전을 목적으로 치열한 장사상륙작전이 있었던 곳이라고 한다.

훈련 기간은 고작 두 주, 평균 나이 열일곱 살, 774명의 어린 학도병들이 나라를 위해 산화한 곳이다.

가까이 다가가 보니 배의 바깥에는 '작전명 174호... 잊혀진 영웅들!'이라고 커다랗게 적혀 있다.

아마도 군함의 내부가 장사상륙작전기념관인가 보다. 배까지 연결된 데크길 입구에는 '공사 중'이라는 안내 표시와 함께 막혀 있다. 아쉬움을 뒤로하고 발길을 돌렸다.

그 앞에는 총알 사이로 뛰어들었을 학도병들의 모습을 형상화한 조형물들이 세워져 있다. 총을 머리 위로 들고 바닷물을 건너

오는 이와 함께 엎드린 채 총을 겨누고 있는 모습, 총을 들고 뛰어가는 형상이 마치 전쟁의 긴박감을 고스란히 전해주는 것 같다.

놀러 나온 여럿의 아이들은 학도병들의 모습을 흉내 내는 듯 나무 막대기를 휘두르며 조형물 사이에서 전쟁놀이하고 있다. 아마도 인근 동네에 사는 아이들인가 보다.

해변에는 병사를 품은 것 같은 불꽃 모양의 위령탑과 작은 공원이 조성되어 오래 전 한국전쟁 중에 기꺼이 목숨을 바친 이들의 이야기를 오롯이 전해주고 있다.

그들은 '잊혀진 영웅들'이기보다는 '기억하지 못한 영웅들'이 아니었을까. 허허로운 이 겨울 바다에 안타까운 역사로 남아 있을 학도병들에게 잠깐의 묵념으로 내 작은 마음을 전해본다.

정처 없이 떠나온 겨울 바닷가에서 우연히 만난 영웅들을 오래오래 기억해야 함은 이 나라에서 살아가는 우리의 의무이기도 한 것 같다.


자꾸만 바다가 보고 싶은 나는 해안길을 택하여 달리는데, 빠른 길을 제시하는 내비게이션은 반복적으로 좌회전을 안내한다.

오래 전 학도병들도 생명을 내어놓고 달려가면서, 고통을 피할 수 있는 안전하고 빠른 길을 안내하는 마음과의 갈등이 있지 않았을까. 그럼에도 불구하고 죽음으로 가는 길 끝에 지켜야 할 조국이 있음을 곱씹으며 결연히 갔으리라.

동해바다는 짙다 못해 검푸르다. 그들의 짙은 피가 지금도 바다 깊은 곳에 안겨서 흐르고 있는 것일까. 바다의 속절없는 철썩임 속에 끝없이 외치고 부르짖었을 함성이 오늘은 잔잔함으로 물결치고 있는가 보다.

겨울을 향해 떠나온 바닷가에서 약속 없이 만난 역사의 장소가 나의 삶을 다시 돌아보게 한다.

산다는 것은 살아낸 시간의 길이와 살아온 의미가 꼭 비례하는 것은 아니라는 생각이 나를 숙연하게 한다. 짧은 삶을 살다 떠난 이들의 삶이 더없이 의미 있고 숭고했기에.

가느다란 바람이 기분 좋게 지나가고 있다.

겨울 속으로 걸어 들어간 바다가 내 가슴속에서 파도치고 있다.

# 소풍 나온 봄나물의 추억

하루가 짧다. 남편의 퇴근 시간이 다 되어간다. 직장에서 집까지 직선거리로 치면 도보로 삼십여 분 걸리는 거리이지만, 남편은 더 먼 거리를 빙 둘러서 오는 모양이다. 운동 삼아 걷는 것을 선택한 퇴근길이다.

저녁식사 준비를 위해 일어서려는데 전화벨 소리가 울린다. 가끔 남편은 집 가까이 와서 필요한 것이 없는지, 사서 들어갈 것이 있는지 물어보기도 한다.

퇴근길의 즐거움이 하나 더 생긴 모양이다. 코로나 여파로 집 밖 출입을 최대한 줄이며 지내는 상황인지라 면역력이 약한 아내가 마음이 쓰이나 보다.

"지금 양덕시장을 지나는 길인데, 머위나물도 있고 방풍나물도 있네. 자세히 보니 신선해 보이지는 않아. 사갈까?"

이미 마음을 정하고 묻는 말이다. 그곳은 가 본 적이 없어 나는 시장 규모가 어떠한지 가늠이 되지 않는다. 남편은 엊그제 대형마트에 갔다가 적은 양의 봄나물을 장바구니에 넣고 제법 비싼 값을 치르며 투덜거리던 내 모습이 생각났는가 보다.

할머니들이 올망졸망 모여앉아 작은 바구니에 한 무더기씩 나물을 담아 팔고 있을 시장 풍경이 떠올랐다. 시든 것이야 그런대로 괜찮지만 말라버린 것은 사면 안 된다고 말하면서, 이내 그것을 구별하기 어려운 남편일 수 있다고 생각했다.

까만 비닐봉지를 양손에 들고 들어오는 남편의 얼굴에는 자못 개선장군의 만족감이 묻어 있다. 그런데도 싱싱하지 않은 나물을 사 온 것에 대한 나의 반응이 시답지 않을까 하여 미리 선수를 치겠다는 마음이 드러나 보이는 것을 어쩌랴.

"할머니들 몇 분이 앉아 있는데 벌써 저녁이고 오늘따라 바람도 제법 쌀쌀하게 불고…, 그래도 양은 엄청 많아."

묻지도 않는데 남편은 혼잣말처럼 풀어놓는다. 나물보다도 살아온 할머니들의 시간을 사 드리고 싶었던 것인지 모르겠다.


언제부터인가 백화점에 가는 일이 뜸해지고 재래시장 가는 일이 잦아졌다. 여행을 가면 으레 그 지역에 있는 재래시장 들러보는 것을 즐겨한다. 재래시장은 그 지역의 첫인상과도 같다. 가끔은 어색하게 느껴지는 퉁명스러움과 꾸미지 않은 민낯을 보는 듯한 친근한 고향의 품을 느낄 수 있다.

요즈음 재래시장이 대형마켓이나 백화점 등에 밀려 사람들의 발길이 뜸해지는 추세이다. 재래시장은 빠져나가는 손님들의 발길을 다시 모으기 위해 여러 가지 자구책을 마련하고 있다.

여러 면에서 편리함을 우선시해야 하겠지만, 재래시장 특유의 정겨운 모습은 사라지고 오로지 현대화되고 획일화되어 가는 모습이 때로는 안타깝기도 하다.

아무리 현대화의 물결에 젖어든다 해도 대형마켓이나 백화점에서는 찾아볼 수 없는 소소한 것들이 그곳에 있었기 때문이 아닐까. 예전의 아스라한 추억거리나 재래시장에서만 느낄 수 있었던 풋풋한 느낌은 다소 멀어지는 것 같아 아쉬운 마음이다.


방풍나물은 씻어두면 시든 것이 조금은 살아날 것도 같다. 살짝 데쳐 물기를 빼두어야겠다. 어리지도 늙지도 않은 머위잎은 껍질을 벗겨야 할 것 같다. 조금이라도 손톱이 긴 것에 불편을 느끼는 나의 손톱은 늘 짧다. 짧게 깎여나간 손톱 끝으로 머위 줄기를 잡고 껍질을 벗기려니 손끝이 아프다.

그럴 때만 눈치 빠른 남편은 빛보다 빠르게 방으로 들어가 버린다. 여린 머위 줄기가 가지런히 쌓여갈수록 내 손끝은 까맣게 물들어갔다. 손톱 속까지 검게 물든 손끝을 바라보니 봉숭아 꽃잎을 찧어 붙이던 어릴 적 추억이 촉촉하게 젖어 온다.

함께 손톱을 붉게 물들이던 친구가 구름처럼, 안개처럼 다가온다. 미팅 나갔다가 파트너가 맘에 들지 않으면 유독 못생긴 손만 자꾸 보여주겠다던 내 친구 은희는 어디에선가 잘 살고 있겠지.

어릴 적 엄마와 자주 갔던 서문시장이나 육거리시장, 이런 곳은 지금쯤 어떤 모습으로 변해 있을까. 시장 한 모퉁이에서 남편 손에 이끌려 소풍 나온 봄나물들이 내 고향 봄의 추억과 그리움과 친구까지 불러다주었다. 산다는 것은 아주 작은 것에도 감동하며 감사할 수 있기에 더욱 소중한 것이 아닐까.

문득 다가온 작은 기억들이 오늘을 살아가는 우리에게 커다란 선물이 되는 것을 때때로 잊고 살았다. 코비드로 인해 계절을 건너가는 듯 봄을 막아버린 시간이 이어지지만 틈새의 행복마저 없었던 것은 아닌가 보다.

어느새 먹먹한 가슴 한편으로 시원한 봄바람이 불어왔다. 소박한 재래시장의 복작거림과 여유로움이 넉넉하게 집안 가득 채워지는 저녁이다.

남편이 사라진 방문을 두드려 본다.

"과일 깎아 놓았으니 나와 드시지요."

재래시장의 봄이 향내 나는 봄나물에 묻어서 내게로 왔다.

# 가 을 ,  산 인 못

산인못<sup>*</sup> 산책로 숲길을 따라 자박자박 가을이 다가온
다. 낙엽을 쓸고 간 빗자루 자국 위에 몇 잎 낙엽들이
싸락눈 날리듯 쌓여가고 있다. 혹여나 근처를 지나는 날이
면 가끔 들러 한 바퀴 걸어보던 길이다.

나무 기둥 사이 언뜻언뜻 보이는 검은 녹색 물빛이 질척
이는 물길을 흔들고 있다. 푸른 이파리 사이로 붉은 단풍 짙
어 가는 가을, 눈물처럼 떨어지는 낙엽 하나 빈 의자 위에
사뿐히 내려앉는다. 길가에 나란히 피고 지던 야생화는 모
두 제집으로 돌아갔나 보다. 벌써 겨울이 지나기를 기다리
고 있을까.

사람들의 재잘대는 웃음소리는 둥그런 무빙 보트를 타고

---

\* 산인못 : 경남 함안군 입곡군립공원 내에 있는 저수지.

새로이 난 물길 사이를 따라 미끄러지듯 흘러간다.

앞서 걷는 지팡이가 또각또각 절뚝거리는 노인의 한쪽 다리를 대신하여 땅을 딛고 있다. 늙어가는 세월이 걷고 있는 것 같다.


드러난 저수지 바닥을 바라보는 것은 오래된 기억을 훑어내는 것과도 같다. 오래 전 산인못과의 첫 만남은 마른 낙엽이 부서지는 것처럼 건조했다.

연못은 실오라기 하나 걸치지 않은 맨몸이었다. 진흙 빛깔 깊은 바닥이 오랜 가뭄에 갈라지듯 목마름을 고스란히 보여주고 있다.

무슨 이유에서인지 얼마 전에 이렇게 커다란 호수 같은 저수지의 물을 모두 퍼냈다고 한다. 마을 사람들이 물 빠진 연못에서 바닥 가득 펄떡거리는 물고기들을 아주 쉽게 주워갔다는 이야기도 들었다.

그러고 보니 민낯으로 드러난 저수지 바닥을 볼 수 있는 날이 또 있을까 싶다. 어쩌면 이 메마른 황폐함이 내게는 진기한 기억거리가 될 수도 있다고 생각했다. 언제부터인지 다시금 산인못은 잔잔한 물결 위로 산 그림자를 품고 있다.


소풍 나온 다람쥐 한 마리가 쪼르르 나뭇길 위로 사라져가고, 숲을 가로지르는 길 위로 가을이 겅중겅중 뛰어가는 것 같다.

연못가에 길게 누운 나무 의자는 그림자로 가득 찼다. 누구의 흔적인지 모를, 무너져 내리는 작은 무덤 앞에는 묘지석만 썰렁하다.

발아래는 낙엽이 바스락거리며 앓는 소리를 토해내고 있다. 아무도 듣지 않는다. 뱃길 따라 일렁이는 물결만이 흐린 은빛을 보이다가 이내 사라진다.

숲길 따라 울퉁불퉁 작은 오솔길에는 굽이굽이 나의 오랜 기억들이 튀어나온다. 낡은 기억들이 돌부리에 차여 흔들린다.

하늘을 바라보았다. 저수지 안쪽을 향해 드러누운 나무 하나, 등굽은 할머니처럼 힘겨워 보인다. 조잘대는 작은 산새들이 낮게 날고 있다. 물가에는 젖은 낙엽과 작은 나뭇가지들이 물과 땅의 경계를 허물고 있다.

저수지는 멀리 보아야 호수 같다. 물새 한 마리가 수면으로 차고 날아 기다란 그림을 하얗게 그려 놓았다. 멀찌감치 늘어진 출렁다리는 출렁이지 않는다. 사람들이 흔들리고 있을 뿐이다.


지금쯤이면 물에 잠긴 호수의 바닥은 메마름에서 벗어났을까. 호수 바닥에는 물에 잠긴 오랜 기억들이 저들끼리 살아간다.

물 밖의 풍경들이 가끔 기웃거린다. 오래 전 보았던 것들은 보이지 않고, 보이지 않던 것들이 이제야 기지개를 켜고 있다.

이 가을 산인못은 잃어버린 사랑을 앓고 있다. 햇살에 비껴 물결 위로 잊고 있던 추억들이 울고 있다. 물 아래 숨었다고 없어진 것은 아니다. 호수 바닥은 물의 무게에 호흡이 가쁘다.

그곳에는 오래 전 잊고 있던 사람들의 기억이 가난하게 살고 있다. 한 번도 날아보지 못했던 서툰 고백의 언어들은 끝끝내 연못 깊숙한 곳에 침묵으로 남아 있으리라.

가을의 연못을 천천히 들여다본다. 호수 아래는 흑백의 풍경이다. 연못은 제 입은 옷을 모두 벗어버려도 부끄럽지 않은데, 우리는 자신의 마음 바닥까지 스스로 퍼 올려본 적이 있었던가.

부끄럽지 않았던 때는 있었는지, 메마른 바닥조차 당당한 호수처럼 내 마음속 우물 깊은 곳까지 퍼 올려 볼 수 있을지 돌아보는 가을이다. 그 어디엔들 사연 없는 바닥은 없는 것 같다. 세월이 흐른다고 사람들은 깊은 마음속 바닥을 만날 수 있을까. 사람의 마음 바닥은 드러나는 일이 없었으면 좋겠다.

단풍의 아름다움이 허공에서 흔들린다. 눈에 보이는 아름다운 빛깔 뒤에 남는 낙엽의 갈색을 외면하지 않아야 할 터인데 자꾸만 단풍과 낙엽이 섞인 듯 흔들린다.

가슴 깊숙이 가장 낮은 곳에는 무엇이 살까. 산인못의 물속에서는 마음의 물결이 일지 않는다. 눈길 두는 곳마다 단풍이 지천인 이 가을날, 연못은 검은빛으로만 단풍을 끌어안는다. 단풍 빛깔로 물들어도 흑백의 산인못은 전설로 살아간다. 가을이다.

# 내 인생에 남았을 '첫'을 기다리며

온 열정을 쏟고 난 후에 바라보는 빈 공간이 있다.
연극이 끝나고 난 뒤의 모습이 그러하지 않을까.
탈진될 만큼 쏟은 열정이 '삶'일 수도 있고, 때로는 그 삶의
한 귀퉁이일 수도 있다.

막이 내리고 대부분 사람이 썰물처럼 빠져나간 텅 빈 공
연장. 모든 조명이 꺼진 무대에 걸터앉아 객석을 바라보는
이도 있을 것이고, 객석을 떠나지 못한 채 어두운 무대를 하
염없이 바라보는 이도 있을 것이다.

단 한 번, 무대를 채우기 위해 수없이 외우고 또 외웠을
대사들이 자연스레 관객의 귓전에, 가슴에 닿기를 바라며
마음 졸이는 순간들이었다. 손짓 하나에 몸짓 하나에 수많
은 눈길을 꽂으며 옮겼을 걸음들이었다.

이제는 텅 빈 무대 위에 모든 땀방울을 오롯이 쏟아놓고 아무런 생각 없이 오직 가슴만 비우는 시간이 아닐까 싶다.

내 생애의 첫 '동인 시화전'으로 첫 '캘리 시화전'이기도 하다. 스물다섯 편의 시를 캘리그래피로 작품화하여 전시할 예정이다.

졸시를 많은 사람 앞에 전시한다는 것도 가슴 떨리는 일인데, 캘리 작업까지 선뜻 허락한 간 큰 사건이다.

스물다섯 편 어느 것 하나 소홀할 수 없어 내내 애간장이 탔다. 작품을 구상하고 시의 내용을 어찌하면 독자에게 더 많이 전달할 수 있을지를 고민했다. 이리도 썼다가 저리도 썼다가 찢어버린 화선지가 날마다 수북이 쌓여갔다.

선 하나에 획 하나에 손끝이 저렸다. 글씨가 됐는가 싶으면 그림이 맘에 안 들고, 그림이 괜찮다 싶으면 글씨가 고개를 젓게 했다. 그렇게 하나씩 작품이 완성될 때마다 느끼는 희열은 더없는 뿌듯함으로 다가왔다. 패널 액자의 모서리를 쓰다듬고, 먼지가 묻을세라 기울세라 보듬고 문지르며 작품이 완성되어 전시실에 걸기까지 몇 번의 손길을 거쳐야 했을까.

나름 열여섯 시인의 마음을 골고루 헤아려야 했다. 전국 각지에 흩어져 있는 시인들이기에 작품을 가까이하지 못하는 애틋함이 더 깊을 것을 생각하니, 내 시는 오히려 눈에 들어오지 않았다.

나는 한때 연극에 몰입했던 시절이 있었다. 처음 무대를 올리던 날의 감격을 어찌 말로 다 표현할 수 있을까. 푸르디푸른 시절 첫 연극 무대의 설렘과 떨림은 나에게 있어 평생을 두고 한 번밖에 경험할 수 없는 순간이 아닌가. 무대가 크건 작건, 인지도가 높든 낮든, 그런 것들은 아무런 기준이 될 수 없었다. 마냥 좋았다.

대부분 사람은 연극이 끝난 뒤 텅 빈 객석이나 무대를 끝이라고 기억한다. 그러나 우리의 끝은 아주 오랫동안 이어졌다. 서로 바라보아도 웃음이 절로 나는 짙은 분장을 지우고 무대 의상을 갈아 입고 나면 필수 코스인 뒤풀이가 기다리고 있다.

무대조명, 음향 등을 도와준 친구들과 뒤풀이의 꽃인 밴드와 보컬이 합류한다. 연습 때라면 연출가의 불호령이 있을 만도 한데 끝이 난 무대 뒤는 그렇게 너그러울 수가 없다.

자잘한 실수들은 추억 주머니에 가지런히 쌓이는 안줏거리다. 두툼한 막걸리 사발들이 한 바퀴 두 바퀴 돌고 돈다. 어쩌자고 무대가 끝나는 날 밤에는 여지없이 대리출석 시킨 과목 교수님의 얼굴이 나타났는지 지금도 모를 일이다.

그 후에도 몇 달간은 뒤풀이가 이어진다. 배역의 말투를 버리지 못해 기억하는 대사로 대화를 나누고, 때로는 현실과 동떨어진 채 작품 속에서 배회할 때도 있다.

짧은 시간 누렸던 연극의 묘미는 졸업과 함께 끝이 났어도, 나의

삶에 문득문득 들어와 있던 첫 무대의 경험이 때때로 나의 삶을
풍요롭게 했음을 안다.

시작이 있으면 끝은 언제나 있다고 했다. 2주간의 전시 기간이 지
나고 작품을 내리는 날이다. 마지막 인사는 건네야 할 것 같았다.
작품들을 모두 내 손으로 내려주고 싶어 누구보다 먼저 전시실
을 찾았다. 각각의 작품에 아름다운 작별을 고했다. 포장용 에어
캡을 꼼꼼히 두르고 곱게 포장하여 모두 그들의 고향으로 돌려보
냈다. 혹여나 몸 멀리 있는 마음들 서러울세라 눈길 한번 또렷이
건네지 못한 내 작품 둘을 이제야 품에 안고 집으로 간다.
비어버린 무대나 객석은 없어도, 함께 할 밴드와 보컬은 없어도
혼자만의 뒤풀이는 남아 있을 것 같다. 즐겁고 의미 있었던 날들
로 오래도록 기억될 것이며, 두고두고 동인들의 마음에 살아 있을
첫 시화전임을 나는 믿는다.
우리는 삶을 살면서 얼마나 많은 '첫'을 만나왔을까.
첫 편지, 첫 감동, 첫걸음, 첫 만남, 처음으로 통곡했던 그 울음
과 처음으로 기억하는 첫눈 내리던 날, 그리고 첫 동인 시화전.
나는 아직도 내 인생에 남아 있을 '첫'을 기다린다.
가늠할 수 없는 남은 생의 길바닥 위에 주저앉아, 나를 기다리고
있을 생소한 얼굴의 '첫'에 여전히 목이 마르다.

# 혼자 웅크리는 시간의 힘-마음 출구

오 종 문_ 시인

**홍**성주 작가의 수필을 다른 독자들보다 먼저 읽을 수 있는 행운을 얻었다. 그리고 행간에 촘촘히 새긴 그의 삶과 글의 향기를 맡았다.

어느 순간에서는 따뜻한 마음을 전달받았고, 어느 대목에서는 가족에 대한 애틋한 그리움을, 작가의 자유분방한 생각과 철학을 마주 대하기도 했다. 아니 또 어느 대목에 이르러서는 순간 울컥하기도 했다.

작가의 삶에 갑자기 찾아온 아픔이 힘겹다는 게 느껴지는 것이 아니라 그 삶의 궤적을 아름답게 긍정적으로 바라보는 시선이 존재해서다. 그래서 찬찬히 읽어가다 보면 울림과 감동을 전해진다.

독자가 한 작가의 글을 읽고 느낄 수 있는 삶과 전혀 알 수 없는 삶을 보게 되는 것, 독자가 경험한 세상이거나 혹은 경험해보지 못한 다른 세상의 이야기지만, 그 안에서 닮은 점을 찾고 다른 걸 공감하고 인정하게 해준다.

작가의 눈으로 바라본 세상을 함께 바라보고 대화할 때 우리는 타인의 삶을 내 삶으로 치환시킬 수 있다. 그렇기에 한 작가의 진솔한 글은 작가와 독자를 이어주는 가교역할을 한다.

홍성주 작가가 수필을 쓰는 이유는, 주어진 시간 속에서 휴식과 질서와 희망을 찾는 것이며, 그 과정에서 자신을 깨어 있게 하는 긍정의 감정을 끌어내는 것이다.

그가 만난 세상의 사물과 사람은 바로 사회와의 만남, 역사와의 만남이다. 그는 관계와 소통, 연대를 통해서만이 앞으로 나아갈 수 있다고 믿는다.

이러한 그의 글쓰기는 작가와 독자 사이의 거리를 가깝게 만드는 힘이 되고, 우연히 마주친 작가의 문장을 마음 깊이 느낀 그 순간부터 글에 젖어 들어 독자의 마음이 움직인다.

홍 작가에게 글쓰기란 자기 변화이며 냉정한 자기 인식이다. 자신이 통과해 온 시간의 이야기를 쓸 때 글은 가장 고유해지고, 때때로 삶을 왜곡하고 비틀고 조롱하는 한계를 접할 때마다 글이라는 거울을 통해 자신을 비춘다.

또 그에게 글쓰기는 독자와의 공감이다. 자신의 세계로 독자를 초대하고, 독자의 삶으로 걸어 들어가는 문이다. 그는 그 문을 통과하면서 자신이 알지 못하는 상상의 세계에 닿아간다. 아니 그는 힘든 세상에 한 줌의 자유를 던져넣는 글쓰기를 통해 상처를 극복하는 힘이기도 하다.

그는 이 수필집을 통해 지난 시간을 기록하는 것이 아니라 경험을 기반으로 끈질긴 사유와 해석의 파장을 일으켜 독자의 실제 삶에 자유를 선물한다.

세상일이 내 마음처럼 되지 않을 때, 어느 순간 자신 삶이 엉망진창이 된 느낌이 들 때, 사람과 어울리는 데도 고독감이 느껴질 때, 삶을 재충전해 다시 세상 밖으로 나서기 위해 혼자만의 시간이 필요할 때, 그 다음 시간을 살아갈 힘이 필요할 때 이 수필집의 일독一讀을 권하고 싶다.

팬데믹 시대 거리두기의 불안과 외로움, 고립감에서 벗어나 혼자 웅크리는 응축의 시간에 삶의 의미와 활력을 불어넣는 홍성주의 수필집 『바람이 두고 간 풍경』은 마음을 치유해준다.

작가는 누구나 고독해질 권리가 있고, 혼자만의 시간을 어떻게 건너느냐에 따라 삶의 역할을 바꿔 나를 충전하고 위로하는 안식처로 삼게 해준다. 바람이 그린 마음 풍경 속에 고결하게 마음을 쏟아내고, 세상에 용기를 주는 마음 챙김의 충만한 시간 속으로 독자들을 초대한다.

홍성주는 이 수필집을 통해 우리에게 묻는다. 빛을 반짝이며 흘러

가는 물결처럼 과거와 현재라는 역사의 흐름 속에서, 즉 유년의 기억과 현실의 존재 사이에서, 당신은 어떤 모습이고 무엇을 향해 나아가고 있는 것이냐고….

"우리는 눈에 보이는 것을 너무 의지한다. 그러다 보니 때로는 눈으로 보는 것이 진실 전부인 듯 착각을 한다. 보이는 것보다 보이지 않는 것들을 외면한 채 우리가 범하는 수많은 오류조차 알지 못할 때가 많다. 그리고 그 잣대로 판단하고 믿어버림으로써 무언가를 혹은 누군가를 비판하기도 한다. 진실은 중요하지 않으며 오직 보이는 것만이 중요하다는 인식이 당연시되는 현실이다. 그 속에서 선과 악의 의미조차 오직 자신의 유불리에 따라 달라지는 상황을 만들어 낸다. 때때로 비장애인이 장애인이 될 수 있는 이유이다. (…) 그들처럼 빗소리로 빗방울을 볼 수 있는 마음의 눈으로 사물을 볼 수 있다면, 우리의 영혼은 더욱 맑아질 수 있다고 믿고 싶다. 내 마음의 눈이 닫히지 않도록 언제나 생각의 창을 닦아 두어야겠다. 마음으로 볼 수 있는 것들을 놓쳐버리지 않기 위하여."

─「마음으로 보는 눈」 중에서

"사람들의 마음을 얼마만큼의 거리에 세워 두고 품어야 하는지 알 수가 없다. 가까이 있다고 서로의 마음을 잘 알고 있는 것도 아니며, 멀리 있다고 서로를 이해하지 못하는 것도 아니다. 달을 바라보듯 사람의 마음도 눈에 보이는 빛깔로 받아들인다면 사람들 사이의 관계에서 오해는 생기지 않을 것 같다. (…) 눈빛과 목소리만으로 서로의 생각을 헤아릴 수 있다고 믿던 때가 있었다. 이제야 생각해 보니 항상 눈빛만으로 서로를 안다는 것은 어려운 일이다. 아프면 아프다고, 힘들면 힘들다고, 기쁘다고, 즐겁다고 말하는 소통이 필요한 것 같다."

—「비버의 달」 중에서

"우리네 삶도 때로는 한 장의 남겨진 흑백사진과 같지 않을까. 누군가는 총천연색의 화려한 삶을 사는 이도 있을 것이다. 그러나 보이지 않는 곳에서 이름 없이, 빛도 없이 자신의 역할을 묵묵히 살다 가는 사람도 흑백사진이 주는 아련함처럼 '충분히 아름답다'는 생각이 든다."

—「흑백사진, 비움과 채움의」 중에서

"나도 모르는 사이 누군가에게 배려받고 있었음을 잊고 산다. 때로는 타인에게 베풀었던 것들 때문에 오히려 서운함을 느낄 때가 있다. 내 마음을 알아주기를 바라는 마음이 은연중에 있었기 때문이 아니었을까. 대가를 바라고 베푸는 것은 선의도 나눔도 배려도 아니다. 오직 기쁨으로 건네는 것이야말로 진정으로 나누는 선한 베풂이다. 타인에 대한 배려라는 것이 생각처럼 대단하다거나 멀리 있는 것만은 아니다. 배려는 작은 것에 감사하는 마음만으로도 가까이에서 발견하고 또 만날 수 있는 것이 아닐까."

ㅡ「작은 것에 감사하는 마음, 배려」 중에서


"흔들리는 시계추에 매달려 봄이 다시 걸어간다. 잃어버린 시간은 망각 속으로 흘려보내고, 이제 새로운 봄을 기다려야 할 것 같다. 고장 난 듯 보이는 시계가 쉬고 있었음을 보여주듯이 꽃들의 쉼도 씨앗으로 태어나길 기대해 본다."

ㅡ「시계추에 매달린 봄」 중에서


"이 바다에 갇혀 살듯 엄마는 당신의 삶 속에 갇혀 산다. 이제는 홀가분하기도 하련만 북적거리던 옛날이 못내 그리운가 보다. 남편과 자식들을 곁에서 떠나보내고 살아가는 혼자의 날들이 문득문득 기다림의 시간으로 흘러간다. 특별한 날에 자식들이 왔다가 흩어져 가면 엄마의 혼잣소리는 메아리가 된다. (…) 들릴 듯 말 듯 한 혼잣소리를 삼키며 엄마는 흐려지는 눈빛을 애써 감춘다. 마음과는 다른 말을 흘려보내고 혹여 들킬까 봐 애쓰시는 모습을 나는 알아버렸다. 섬이 늘 외롭지만은 않다는 것을 엄마가 아셨으면 좋겠다. 우리의 삶은 도돌이표다. 엄마의 삶이 돌고 돌아 나의 삶으로 이어져 간다. 나도 섬이다."

ㅡ「엄마의 외딴 섬, 그리움」 중에서

"우리는 살아가면서 수많은 선택의 갈림길에 서게 된다. 끝없이 번민하고 갈등하면서 뚜렷한 확신이 없어도 무엇인가 결정해야 한다. 그렇지만 가지 못한 길을 동경하기보다 내가 선택한 이 길이 옳았다고 믿고 싶다. 죽음을 대면하고 걷는 길을 담담히 갈 수는 없을 것이다. 가야 할 때를 알고 준비하며 마무리할 수 있었던 내 아버지의 삶이 스스로 찍은 '마침표'였다는 위안을 이제야 가져본다."

― 「아버지가 남겨둔 마지막 길」 중에서

"사는 일이 어렵던 시절, 자기 이름의 문패를 대문에 걸어 놓는다는 것은 삶의 온전한 자신감이었다. 얼마쯤은 성공한 삶이라는 위안도 있었을 것이며, 때로는 내 집이라는 당당함과 얼마쯤의 허세도 묻어 있었을 것 같다. 집을 갖기 위해, 그 집에 자신의 문패를 걸기 위해 수없이 참아야 했던 것들도 있었으리라. 어쩌면 스스로 힘겹게 일궈낸 땀방울이 녹아 있음을 두고두고 새기며, 인내하며 살았을 삶의 흔적 같은 것일지도 모른다."

― 「문패를 세우다」 중에서

"손꼽아 기다리던 방학이 되어 할머니 집으로 가는 날은 더없이 반갑고 설레는 여행길이었다. 무엇보다도 시골의 자연과 정취를 만날 수 있어 더욱 기쁘고 즐거웠다. 여름이면 평상에 앉아 보릿대에 마른 쑥대를 얹은 모깃불에 눈물을 흘리던 일과 마을 어귀를 돌아 흐르는 냇가에 나가 물고기를 잡던 일이 기억난다. 산과 들을 뛰어 다니며 곤충채집에 날이 어둑해지는지도 모르고 돌아다녔던 일은 방학 일기로 채워졌다. 도시 소녀가 나물 이름이나 들판의 꽃 이름 과 친숙해진 계기이기도 하다."

―「할미꽃 약속」 중에서

"낯익은 중절모가 낡은 자전거에 앉은 채 멀어져 갔다. 아버지 의 페달 밟는 움직임은 오래 전부터 정지 화면으로 멈춰 있다. 다 시는 볼 수 없음을 알아차린 듯 내 걸음도 굳어버렸다. 자전거는 과거를 향해 쏜살같이 달아나며 뒷모습의 잔상만 남겨두었을 뿐, 두 개의 바퀴는 보이지 않는다. (…) 혹여나 길을 가다가, 아버지 와 닮은 뒷모습을 담고 달려가는 자전거를 만나는 날이 있다. 그 런 날은 여지없이 아버지의 자전거가 생각난다. (…) 그럴 때면 어 린 시절 당신의 등을 내어주던 시간 속으로 한없이 걸어가는 나를 만날 수 있다. 그러나 거기에도 아버지는 없다. 자전거는 아버지 의 모습까지 품고 사라져버렸다. 아득히 멀리 두 바퀴의 자전거가 날아가고 있다."

―「아버지의 자전거」 중에서

"누군가는 산길을 걷기도 할 것이고, 누군가는 들길을 걸어가기도 한다. 혹은 돌길이나 자갈길을 걸어가는 이도 있을 것이며, 꽃길이나 비단길을 걷는 이도 있을 것이다. 하지만 분명한 것은 나의 길을 가야만 하는 선택은 오롯이 자신의 몫이다. (…) 우리는 때때로 삶의 길을 찾는다. 땅 위에 있는 길이야 잘못 들어서면 다시 돌아올 수도 있지만, 지나온 인생길은 다시 돌아갈 수가 없다. 땅 위의 길은 사라져도 다른 새길이 생기지만, 삶의 길은 한번 지나치면 흔적만 남을 뿐 돌아갈 수는 없다."

―「나를 만나러 가는 길, 종축장을 지나서」 중에서

"산을 오르는 길은 삶의 여정과 닮은 모습이다. 길의 가운데에서 과거의, 현재의 나를 만난다. 미래의 모습까지도 그려보면서. 산을 만난다는 것은 산만을 오르는 것이 아니라 그가 가지고 있는 풍경까지 품는 것이다. 산은 내려가기 위해 오르는 것만은 아닌 것 같다. 오르기 위해 오르기도 한다. 오르고 보니 내려갈 길도 보인다. 우리의 삶도 각자의 정상에서 내딛는 내리막길이 더욱 아름답기를 바란다."

―「풍경에 오르다」 중에서

"원하지 않는다 해도 언젠가는 세상의 모든 인연을 완전히 끊어 버리고 홀연히 떠나야 할 때가 올 것이다. (…) '사람은 태어남과 동시에 죽음을 향해 가는 존재'라고 한다. 그렇기에 이 세상의 여행이 끝나 모든 것과의 이별이 느닷없이 다가와도 내가 머물던 자리가 부끄럽지 않도록 살아야겠다. 하지만 항상 떠날 준비를 하며 산다는 것이 쉬운 일은 아닐 것이다. 어느 것 하나 가지고 떠날 수 없는 삶이기에 소중히 여기는 것들도 잘라내는 연습을 해야 할 것 같다. 누군가에게 짐으로 남겨지는 일이 없도록 둘러보면서."

―「여행을 열다」 중에서

"석양을 등지고 앞서 걷는 남편의 어깨 위로 내 아버지가 지고 가셨을 무게의 짐들이 노을처럼 내려앉아 있다. 될 수 있는 한 무거운 것은 자기 가방 안에 넣고 떠나온 남편이다. 당신의 가족들을 짊어지고 숙명처럼 살아냈을 내 아버지의 고단한 삶이 그림자처럼 따라온 모양이다. 무거워 보이는 가방 안의 짐들이 남편의 어깨 위에서 자꾸만 말을 걸어온다. 그의 삶도 때로는 힘들고 두려움이 있었을 것인데, 늘 나의 힘듦만을 말해왔던 것은 아니었을까. 젊은 시절에는 앞모습이 보이더니 나이가 들어감에 따라 자꾸 뒷모습이 눈에 들어온다. 해가 지고 어스름히 비치는 빛 속에서 자아내는 아름다움에 우리는 한없이 숙연해진다. 해 질 녘 황혼이다."

―「사랑의 고백 혹은 붉은 그리움」 중에서

"꽃길만 걷고 싶다고 그럴 수 있는 우리네 삶이 아니듯, 꽃길이려니 생각하며 꽃 보듯 걷는 꽃섬길. 그 섬에 곧 여름꽃과 가을꽃이 온통 섬을 뒤덮을 것이리라. 그때 또 누군가가 우리의 발자국을 따라 아름다운 추억을 놓아두고 갈 것이기에 우리는 살그머니 인사도 없이 바다를 건넌다."

—「꽃섬, 하화도」 중에서

"강을 바라보며 아픔 뒤에 오는 생명의 속살을 만난다. 끝이라고 절망했던 곳에서 다시 시작되는 희망을 바라본다. 오늘도 끝없이 부딪치며 흘러가는 강물의 속성에서 삶의 강인함을 배운다. 이제 강의 자리는 강에 내어주고, 꽃의 자리는 꽃에 내어주어야 할 것 같다. (…) 그리고 내일쯤 누군가 이 자리에 다시 앉아 그 사람만의 무심천을 만나볼 수 있기를 기대해 본다. 강물이 전해주는 너그러움도 함께."

—「꽃들의 뒤풀이-향수」 중에서

"인생을 우여곡절이라고 표현한다. 될 수만 있다면 피해서 가고 싶은 것들을 길목 어귀에서 복병처럼 부딪친다. 산 너머에는 또 산이 있다. 산다는 것은 산 너머에 있는 산을 다시 넘는 것이다. 그러나 이미 넘어온 산이 있기에 다음 산은 조금 더 쉬이 넘을 수 있다. 신은 감당치 못할 시련은 주지 않는다고 했다."

—「봄날은, 또 그렇게 간다」 중에서

"육체의 고통에 서러움까지 더해지자 더 이상 생각이라는 것은 사치가 되었다. 이왕 터진 것을 어쩌랴 싶어 마음껏 목 놓아 통곡했다. 스스로가 마치 포효하는 한 마리 짐승 같다는 생각이 내 머릿속을 울렸다. 둔탁한 종소리가 앞에서, 뒤에서 정신없이 울렸다. (…) 한바탕 가슴 바닥까지 모든 것을 비워내듯 울어버리고 나니 그렇게 시원할 수가 없다. 일종의 카타르시스를 경험하며 마음이 정화되는 것을 느꼈다. (…) 고통의 절정에서 터져버린 울음이 나를 가장 낮은 곳으로 데려다 놓은 것 같다. 내 힘으로 더 이상 어쩔 수 없는 난관 앞에 부딪게 되더라도 생각지 않은 곳에서 길이 열리기도 하는가 보다. (…) 가장 낮은 곳에 발을 딛고 나서야 다시 일어설 힘을 추스른다."

─「때로는 목 놓아 울어도 괜찮아」 중에서


"인생의 모든 것이 집약된 곳이 병원인 것 같다. 같은 공간 안에서 누군가는 태어나고 누군가는 죽어간다. 누군가는 살기 위해 극한의 아픔을 감내하고, 누군가는 그러한 사람을 살리기 위해 온갖 노력을 기울인다. 누군가는 하루만이라도 더 살기를 소원하고, 다른 누군가는 단 하루의 삶을 견디는 것조차도 고통스러워한다. 그곳에는 기쁨과 절망과 슬픔이 함께 있다. 그리고 그곳의 한가운데 나는 서 있다. 삶과 죽음이 공존하는 경계에서 이제 겨우 한 발을

내디디려 한다. 산다는 것은 죽음과 함께 뛰어가는 이인삼각 경기
이다."

　　　　　　　　　　　　　　　　　　　　　　－「시트 한 장의 무게」 중에서


　"꽃들도 살아가기 위해서 때로는 이기적이어야 하는 것인지도
모른다. 꽃으로 피어나서 예쁘지 않고 싶은 날이 어디 있을까. 꽃
으로 생겨나서 향기롭지 않고 싶을 때가 있을까 싶지만, 저마다는
제 살길의 모습으로 아름답게 살아간다. 꽃은 생명을 가진 이들에
게 그저 아름답게 보이기 위해 태어난 것이 아니다. 이들도 늘 자
신의 삶을 살고 싶은 것이 아니었을까. 꽃은 한 번도 나무이기를
고집하지 않는다. 꽃은 오직 꽃들만 바라본다. 서로서로 기대어 살
아가는 방법을 터득하기라도 한 것인지 모르겠다. 넘치는 것을 바
라지 않으며 자기들끼리 해하는 법을 알지 못한다. 시간의 흐름에
따라 갈색으로 변해가는 얼굴을 감추려 애쓰지 않는다. 꽃이 언제
나 아름답고 향기로운 이유이다."

　　　　　　　　　　　　　　　　　　　　　　－「꽃은 꽃이다」 중에서


　"건강을 잃어 본 후에야 건강의 소중함을 얻고, 사람들 사이에 신
뢰감이 깨지고 나서야 관계의 회복성이 얼마나 어려운지 깨닫는
다. 무언가를 잃었다고 생각했지만, 그것으로 인해 얻었던 것, 느
꼈던 것, 찾았던 것들을 너무나 당연하게 받아들였던 것은 아니었

는지 헤아려 본다. (…) 돌아가는 길만큼 시간이 더 걸리면 어떠하
랴. 낯설어도 새로운 풍경이 그 시간을 메꿔 줄 것이다. 가다 보면
가끔은 생각지도 못한 멋진 길을 만나기도 한다. 언젠가 나의 길
끝에 서는 날이 오면, 뒤돌아 지나온 길을 바라보며 환하게 웃을
수 있었으면 좋겠다. 때로는 길을 잃어도 괜찮지 않을까."

―「길 끝에 서는 날이 오면」 중에서

"나이가 들어간다는 것은 점차 만나는 사람보다 떠나는 사람이
늘어나는 것을 체득해 가는 것인가 보다. (…) 아이들이 제 길을 찾
아 떠나가고, 오래된 지인들도 하나둘 삶을 접으며 떠나가듯이 언
젠가 때가 되면 나도 그들 곁을 떠나게 될 것이다. 자연의 섭리를
받아들이는 것처럼 삶의 흐름도 기꺼이 수용하기 위해 오늘도 아
름답게 살아야 할 책임을 느낀다. 단풍이 아름답듯이. (…) 삶이 깊
어져 간다는 것은 자신에게 속해 있던 것들을 아름답게 한 잎 한
잎 떼어 보내는 일인지도 모른다. 잎들을 떨구어내는 은행나무를
보며 오래 전 마음 졸이며 자식들을 떠나보내던 엄마의 마음을 바
라본다. 이제 헤어짐의 걸음마를 한 발씩 떼어 본다."

―「낙엽, 헤어짐의 걸음마」 중에서

"정처 없이 떠나온 겨울 바닷가에서 우연히 만난 영웅들을 오래
오래 기억해야 함은 이 나라에서 살아가는 우리의 의무이기도 한

것 같다. 자꾸만 바다가 보고 싶은 나는 해안 길을 택하여 달리는데, 빠른 길을 제시하는 내비게이션은 반복적으로 좌회전을 안내한다. 오래 전 학도병들도 생명을 내어놓고 달려가면서, 고통을 피할 수 있는 안전하고 빠른 길을 안내하는 마음과의 갈등이 있지 않았을까. 그런데도 죽음으로 가는 길 끝에 지켜야 할 조국이 있음을 곱씹으며 결연히 갔으리라. (…) 겨울을 향해 떠나온 바닷가에서 약속 없이 만난 역사의 장소가 나의 삶을 다시 돌아보게 한다. 산다는 것은 살아낸 시간의 길이와 살아온 의미가 꼭 비례하는 것은 아니라는 생각이 나를 숙연하게 한다. 짧은 삶을 살다 떠난 이들의 삶이 더없이 의미 있고 숭고했기에."

　　　　　　－「겨울 속으로 걸어 들어간 바다─작전명 174호, 잊혀진 영웅들」중에서


"우리는 삶을 살면서 얼마나 많은 '첫'을 만나왔을까. 첫 편지, 첫 감동, 첫걸음, 첫 만남, 처음으로 통곡했던 그 울음과 처음으로 기억하는 첫눈 내리던 날, 그리고 첫 동인 시화전. 나는 아직도 내 인생에 남았을 '첫'을 기다린다. 가늠할 수 없는 남은 생의 길바닥 위에 주저앉아, 나를 기다리고 있을 생소한 얼굴의 '첫'에 여전히 목이 마르다."

　　　　　　　　　－「내 인생에 남았을 '첫' 을 기다리며」중에서